suhrkamp taschenbuch 4665

Winters Garten, so heißt die idyllische Kolonie jenseits der Stadt, in der alles üppig wächst und gedeiht, in der die Alten abends geigend auf der Veranda sitzen, die Eltern ihre Säuglinge wiegen und die Hofhunde den Kindern das Blut von den aufgeschlagenen Knien lecken.

Winters Garten, das ist der Sehnsuchtsort, an den der Vogelzüchter Anton mit seiner Frau Frederike nach Jahren in der Stadt zurückkehrt, als alles in Bewegung gerät und sich wandelt: die Häuser und Straßenzüge verfallen, die wilden Tiere in die Vorgärten und Hinterhöfe eindringen und der Schlaf der Menschen schwer ist von Träumen, in denen das Leben, wie sie es bisher kannten, aufhört zu existieren.

In ihrem preisgekrönten Roman erzählt Valerie Fritsch sprachmächtig und in sinnlichen Bildern von einer Welt aus den Fugen. Und von zwei Menschen, die sich unsterblich ineinander verlieben, als die Gegenwart nichts mehr verspricht und die Zukunft womöglich ein Traum bleiben muss.

Valerie Fritsch, 1989 in Graz geboren, wuchs in Graz und Kärnten auf. Nach ihrer Reifeprüfung 2007 absolvierte sie ein Studium an der Akademie für angewandte Photographie und arbeitet seither als Photokünstlerin. Sie ist Mitglied des Grazer Autorenkollektivs plattform. Publikationen in Literaturmagazinen und Anthologien sowie im Rundfunk. 2011 erschien ihr Debütroman *Die VerkörperungEN* bei Leykam. Sie lebt in Graz und Wien. *Winters Garten* ist ihr erster Roman im Suhrkamp Verlag.

Valerie Fritsch
Winters Garten

Roman

Suhrkamp

Erste Auflage 2016
suhrkamp taschenbuch 4665

Umschlaggestaltung: Hermann Michels und Regina Göllner
Druck und Bindung: CPI – Ebner & Spiegel, Ulm
Printed in Germany
ISBN 978-3-518-46665-0

Winters Garten

für Martin

Wenn ich mich heute meiner frühen Jugend erinnere, so müsste ich den Knaben (einzelne wenige Punkte abgerechnet) für einen anderen halten, wenn nicht die Kette der Erinnerungen vorläge.

Ernst Mach

Every night and every morn
Some to misery are born;
Every morn and every night
Some are born to sweet delight;
Some are born to sweet delight;
Some are born to endless night;

William Blake

1 | Die Gartenkolonie

Anton Winter wuchs als Sohn eines Geigenbauers auf in einem riesigen Garten zu einer Zeit, als man noch in ein Schicksal hineingeboren werden konnte. Die Gartenkolonie war einst von Fabrikantensöhnen und Naturärzten, von schmallippigen Asketen und ein paar Gelehrten, von Bauern und hochgewachsenen Frauen mit Strohhüten gegründet worden, als der Staat sich auflöste und die Stadt trost- und der Mensch so ratlos geworden war, dass er in die Natur gehen musste, um sich zu erneuern. Die Damen saßen zwischen Rhabarber und Erdbeeren, und die Herren lehnten sich aus den Fenstern des Hauses, um den Bäumen das Obst herunterzupflücken. Die Kinder liefen nackt über Grund und Boden, der allen gehörte, und abends aß man mit bloßen Füßen im Gras. War es anfangs eine Ansammlung von Leuten so unterschiedlich wie Tag und Nacht, die eine Idee verband, so waren es später die vielen Ideen, die zu jener ersten hinzustießen, die die Schar wieder trennten: Während die einen den Fortschritt verdammten, schmähten die anderen den Stillstand.

Als Anton Winter zur Welt kam, war jene Gemeinschaft des Anbeginns längst aufgedröselt und zu einer kaum überschaubaren Großfamilie geschrumpft, die aus den Liebschaften der Vergangenheit hervorgegangen und dem Garten treu geblieben war. Noch immer bestellte man ein, zwei Felder und kümmerte sich um den Kräuter- und den Obstgarten, aber viele arbeiteten in der für die Kinder so weit entfernten Stadt am Meer. Jene, die am Hof kein Auskommen fanden, fuhren Tag für Tag eine Stunde dorthin, bis die Berge hinter ihnen schrumpften, die Wiesen sich in Straßengeflecht verwandelten und der unebene Boden im unruhigen Wasser verschwand. Diese einstündige Fahrt verband zwei so gegensätzliche Welten, dass man im Garten nicht über die Stadt und in der Stadt nicht über den Garten sprach, als gehörte es sich nicht. Die beiden Orte existierten wie parallele Universen, eines, in dem es nichts als Erde und Berge gab, die man in den kantigen Gesichtern seiner Einwohner wiederfand, und eines, in dem die Gezeiten eben diese Kanten und Falten davonwuschen. Anton und die anderen Kinder hielt man fern vom Meer und der Stadt, als fürchtete man, dass ihr Anblick sie verderben könnte. So blieben sie und die Alten allein zurück im Garten und hatten alle Zeit der Welt.

Zwanzig bis dreißig Menschen lebten je nach Tageszeit in dem gewaltigen Haus und den zwei angrenzenden Nebengebäuden. Inmitten von Wiesen, Feldern und Wäldern, fern von den Straßen, fremd den Nachbarn, so entlegen, dass man nicht zu ihnen sah, eingefasst von einem verrückten Garten, dessen Ränder in die Landschaft schmolzen. Schon alt, als Anton Kind war, halb Bauerngehöft, halb Gutshof, mit wildem Wein an der gelb bröckelnden Fassade und der hölzernen Veranda, dem großen Tor, den Tonnengewölben und dem Walmdach, mutete das Haupthaus eigenartig aus der Zeit gefallen an, und die Lebensgeschichten seiner Bewohner waren in Schichten auf seine Mauern und das Grundstück aufgetragen. Alles lebte und wandelte stetig seine Form, kam, ging, schlug Wurzeln und verschwand in diesem Bienenstock. Es war eine unermüdliche Bewegung, die sich im Takt des Kommens und Gehens der Bewohner dem Chaos des Hauses einschrieb. Der Garten schien ein Gleichnis aus Gedeih und Verderb und allerlei Geheimnissen; die Alten saßen unter den Magnolien, und die Kinder hielten sich die Kelche der Lilien an die Ohren und hörten hinein, als wären sie ein Grammophon, das zu großen Abenteuern riefe. Alles wuchs und starb nebeneinander in diesem Garten, in dem die Menschen den Pflanzen gleich ihre Stühle dem Sonnenstand hinterherrückten und erst ihre Gesichter dem Licht zuwendeten und später die Köpfe müde hängen ließen, wenn es dunkel wurde.

Für Anton Winter war die Kindheit vollgestopft mit hohen Gräsern und Teerosen und grünen Äpfeln in den Bäumen, die man den ganzen Sommer über so begehrlich ansah, dass sie irgendwann schüchtern erröteten. Die Alten und Kranken waren zu Hause, und durch die dünne Haut fiel ihnen das Sonnenlicht bis aufs Skelett, wenn sie zwischen den Glockenblumen saßen, so zart, als wären sie eine von ihnen. Die Geburt steckte noch in allen Knochen, so dass man den Tod nicht fürchten musste. Die Welt prahlte mit ihrer Größe, und die Himmel jagten über die kleinen Köpfe so lange, bis man sich an sie gewöhnt hatte. Zu Tausenden brachen die Blüten der Fliederbüsche auf über Nacht, dass man meinte, es ginge ein Rauschen durch den Garten. Die Kinder hockten in den Magnolien und dachten an nichts, und so gehörte ihnen alles. Sie sangen wie Vögel in den Ästen für ihre Urgroßtanten und -onkel und für die Säuglinge und Kleinkinder, die man neben den Alten in die vom Waldrand verschattete Wiese legte. An den Friseurtagen knieten sie weinend auf einem Stuhl und blickten den Haaren, die die Mutter mit blitzender Schere abschnitt, nach, wie sie an ihnen herab zu Boden fielen, während die anderen sie umstanden und lachten. Alles hatte Platz in diesem Garten. Nichts war unmöglich damals. Der Himmel war so weit entfernt wie der Mond. Neben der Bienenhütte saßen die Tanten mit Hüten groß wie ein Wagenrad und tranken heißen Tee in der Sonne. Die Backen der Frauen waren weich wie Kirchenbrot, und wenn sie lachten, wuchsen darin kleine Seen. Die weißen Nacht- und Totenhemden wehten an den Wäscheleinen, und die Kinder schlüpften von unten in den vom Wind geblähten Stoff und taten, als wären sie Gespenster. Starb jemand, standen sie nachts gemeinsam im Garten und sahen himmelwärts zu den Sternen, und es war, als ob durch den Riss des Todes die Zurückgebliebenen dem Toten ins Universum hinterherschauten. Man legte das Ohr auf den Boden, um die Verstorbenen zu hören, und schauderte dann ein bisschen. Nichts roch je lebendiger als die lockere Erde der frischen Grabhügel am Rande des Gartens, über die sie sommers mit bloßen Füßen rannten.

Auf den Grabhügeln standen Himbeeren, die sie einander so gierig in die Münder stopften, als wollten sie sehr groß werden, und die, die es bereits geworden waren, trugen abends mühelos die Urgroßmutter auf den Armen ins Haus, als wäre sie bloß ein Holzscheit. Wenn man es mit den Kinderspielen übertrieb, bekam man glasige Augen und ein Fieber, das einen ins Bett drückte, während die anderen draußen vor den Fenstern weiter herumtobten. Ganze Tage zogen die Kinder umher, und niemanden kümmerte es. Was konnte einem draußen in der Welt schon zustoßen? Es war eine Übereinkunft, über die man nicht sprach. Hinter den Fenstern begann die Welt, und hinter den Zäunen wartete ein Schicksal. Die Jungen suchten mit der Dringlichkeit des Anbeginns die Wege, die sie gehen wollten, und die Alten gingen in Demut die Wege zu Ende, die sie einst gewählt hatten. Die Kinder waren Kinder aus Stroh, wenn sie über die Sommerwiesen liefen, und Föten, die in den Bäumen schliefen mit hölzernen Kronen, als zöge der Wald sie auf, wenn sie sich ausruhten, nachdem sie tief in ihn hineingewandert waren. Wenn es spät wurde, gab es zu Hause heißen Gugelhupf, an dem man sich die vom Tag kühlen Hände wärmen konnte, und leise Musik aus den Ecken. Die Alten hielten die Geigen im Schoß, als wären sie Kinder, und spielten auf ihnen von Zeit zu Zeit auf der Veranda, eingemummt in Decken, mit den Bechern voll Apfelsaft und den Tellern voll Butterbrot neben ihren Bänken. Alle strömten herbei des Abends. Die Mütter wiegten die Säuglinge im Takt, und die Väter warfen sie lachend in die Luft. Die Erwachsenen fuhren mit den Wagen aus der Stadt vor, und die Kinder kamen aus allen Richtungen gelaufen. Die Hofhunde umringten die Heimkehrer und leckten ihnen das Blut von ihren aufgeschlagenen Knien. Im Garten dann erzählten sie alle einander von ihren Wanderschaften und Wandlungen und wurden sanft unter der Gelassenheit der Großeltern, die indessen gierig waren nach ihrem Überschwang, bis alle ihre Ruhe fanden. Dann verstummten auch die schimpfenden Vögel in den Bäumen und schliefen stumm wie Früchte mit den Köpfen in ihrem Gefieder, während sich die Blumen langsam schlossen und der Garten feucht und schwarz wurde von der Nacht.

Das Haus war stets erfüllt von Gute-Nacht-Geschichten für die Kleinen, von tausend Schritten und dem sauren Geruch, der aus den Essigleintüchern stieg, die man den Kranken um ihre schmerzenden Beine wickelte. Die Schaukelpferde jagten aufgezäumt durch die Nacht und waren ebenso gute Freunde wie die Hunde, die den Kindern um die Beine liefen. Man hielt das Ohr an den Brustkorb der schlafenden Haustiere und hörte die Herzschläge der Katzen wie Drums. Die Frauen nahmen ihre Ringe und Ohrringe ab und legten sie auf den Nachttisch mit weißen Händen. Ein letztes Mal drehte man den Kindern die Wundertrommel an, dass sie den Bildchen der springenden Pferde hinterherträumen konnten. Den Alten strich man, über die Betten gebeugt, die Falten glatt, und den Brüdern Anton und Leander schlug man lächelnd die Bücher unter den rauen Decken zu. Anton glaubte sich noch viele Jahre später zu erinnern, dass die Mutter roch wie ein Engel, wenn sie sich nachts zu ihm setzte, um ihn zu küssen. Und er erinnerte sich an den Schatten, der ihm ins Gesicht fiel, bevor ihn ihre Lippen berührten. Dann gab es nur noch das Kinderlicht, das die Eltern der verwandelten Landschaft der Nacht entgegenstellten, jene winzige Lampe im Bubenzimmer, die Schatten der flackernden Kerzen und die Stimmen der Erwachsenen, die von der Veranda heraufdrangen. Sie lagen mit den Köpfen in ihren großen weichen Locken, hörten den merkwürdigen Geräuschen zu und hefteten die Augen an den kargen Lichtkegel, bis sie ihnen zufielen. Immer war es warm im Bett. Man schlief wie tot, und die Nächte waren so lang. Man liebte sie so sehr, wie man die Dunkelheit fürchtete. Morgens war das Aufwachen ein Wachsen. Den Kindern schien es, als wären sie in den Brutkästen der Nacht ein Stückchen größer geworden und müssten nun hineinwachsen in die Welt und die Glieder strecken, als gingen die Körper auf wie verklebte Blüten mit dem ersten Licht.

In den Kindern wiederholte sich das ewige Wachstum, über das alle Bescheid wussten. Die Bewohner des Gartens erzogen die Kinder zu einer Zukunft, für die man erst genau Maß nahm und die dann akkurat mit dem Leben mitwuchs, die in den kleinen Schritten von gestern und den großen Wünschen von morgen wurzelte. Sie sperrten Schutzengel in Medaillons und verhängten mit den Goldkettchen einen Segen wie ein Urteil über das Leben der Kinder. Sie forderten einander zu Großem auf: groß und größer zu werden. Die Großmutter predigte, dass die Zukunft jene Reihe an stets wachsenden Vorzeichen wäre, die man rückblickend betrachtet richtig gedeutet hätte. Und der Großvater fügte hinzu, dass die Zukunft auch der Eintritt all der schlechten Vorahnungen sei, von denen man gar nichts gewusst habe, und zündete sich dann auf der Veranda eine Pfeife an, als wolle er sich zum Schutz in Rauch einhüllen.

Anton war ein Kind, das sich sowohl von der Begeisterung für das Leben als auch von jener für den Tod anstecken ließ. Die Bewohner sprachen viel über den Tod in ihrem Garten, denn wie sollte man irgendwann in Ruhe sterben, wenn man darüber schwieg. Es galt ihnen: Was man nicht über die Lippen bringt, bringt man auch nicht übers Herz. Und Anton gewöhnte sich schnell an die Veränderungen, die das Leben mit sich brachte. Dass die Natur alles auflöste, was sie gebar, in einem Wasserglas, in einem Sturm, in einem Winter, fand er aufregend. Dass die Menschen um ihn herum starben, machte ihn nie unsicher. Die Familie war groß genug, um all das Sterben zu tilgen und jeden Tod mit einer Geburt, einer Hochzeit oder bloß einem unerwarteten Besuch auszusöhnen. Alles, was war, teilte sich die Welt mit all jenem, was sein würde. Eine chronische Ruhe breitete sich in dem Buben aus, als er das verstand, und er wurde ein eigenbrötlerisches Kind ohne Vorsicht, was die anderen dächten, ein unerbittlicher Einzelgänger, der ein genaues Auge auf die Welt, die ihn umgab, hatte. Er liebte ausdrücklich all jenes, was greis war, und all das, was alt wurde. Er war fasziniert von den Toten, die alle paar Jahre feucht auf dem Sterbebett lagen und denen seine Mutter mit den Fingerspitzen über die Augen strich, bevor man sie im Garten begrub. Und er saß gerne bei den Kranken, die den Garten nicht mehr verlassen konnten, und sah sie so genau an, wie man einen Sternenhimmel beobachtet. Ehrfürchtig stand er vor den Frauen, die eine Leibesfrucht in sich trugen, wie er die Großmutter sagen hörte, und dachte ganze Sommer lang beunruhigt, dass in ihren Bäuchen ein großer Apfel wüchse. Oft fand er auf seinen Streifzügen durch den Wald aus dem Nest gefallene Vögel und beschädigte Tierchen, die er, die hohlen Hände zum Käfig gekrümmt, mit nach Hause nahm und seinem Bruder überließ, dessen Ehrgeiz es war, sie wieder gesund zu pflegen. Leander wollte irgendwann dem Großvater nachfolgen und die Apotheke übernehmen, wenn sein Onkel, der sie nun führte, zu alt und er selbst alt genug sein würde. Anton begnügte sich damit, sich Tag für Tag auf den Boden neben die Schachteln und selbst gebauten Nester zu hocken und einen Blick auf die dank Leander zusammenwachsenden Beinchen und Flügel zu werfen, während die Tiere mit stummen Augen erschreckt zu ihm hinaufstarrten. Er sah das Beschädigte als das Besondere. Er lobte sich das Einmalige und seine Zerstörbarkeit. Er mochte das Schadhafte, jene Stelle, an der die Heilung aus- und eine ewige Gegenwärtigkeit einsetzte. Sein Bruder rieb, wie er es von dem Großvater gelernt hatte, die kranken Vögel mit Rosenessig und Kamillensalbe ein, die er aus dem Apothekerschrank des Arbeitszimmers stahl, wenn niemand hinsah.

Während der Bruder mit sauren Händen durchs Leben ging und das Schadhafte wieder ganz machte, streunte Anton durch die Welt und sammelte die Irrtümer und

Schönheiten der Schöpfung auf. Er war in den Bann gezogen von der Harmonie der Mineralien und der Geometrie des Wachstums, deren Ordnung nur hin und wieder gestört war. In den Kinderzimmerregalen lagen abgestreifte Schlangenhäute, erbärmlich wie zurückgelassene Häuser, und schämten sich, weil sie ihren Bewohnern zu klein geworden waren. Der Raum roch holzig und tierisch und süß nach dem noch milchweißen Kinderhaar der Brüder. Am Boden fiepten die kranken Küken. In der Nacht irrlichterten die Augen der Schützlinge durch die Dunkelheit. Die ausgekochten Schädel winziger Wildtiere beschwerten die Zeichenpapierbögen und Schulhefte. Große fremdartige Muscheln, die der Großvater von einem Besuch aus der Stadt mitgebracht hatte, lagen auf der Fensterbank. In den Hosentaschen trug Anton gehärtetes Harz glatt wie Glas, auf dem man, hielt man es gegen das Licht, die Fingerabdrücke sah. Um den Hals die Kette aus Milchzähnen von der Großmutter, die Zahn für Zahn, den man ihr brachte, nachdem man ihn verloren hatte, auffädelte auf spinnwebendünnes Garn und den Kindern um den Hals hängte, bis alle ausgefallen waren.

Gerne stand Anton im Sommer, wenn die Tomaten auf den Fensterbänken in der Hitze dörrten, in der Kühle der Speisekammer, wo neben den Käselaiben und Holundersäften im obersten Fach auch die Gläser standen, in denen die Großmutter alle Fehlgeburten aufbewahrte, die ihr im Laufe ihres Lebens zu früh aus dem Bauch abgegangen waren und von denen sie sich nicht trennen mochte. Die Enkel sahen sie sich nur selten an, um einander ihren Mut zu beweisen, aber Anton trieb sich oft alleine in der Speisekammer herum. Stunde um Stunde bat das Kind alle, die vorbeikamen, es hochzuheben, damit es sie betrachten konnte, und waren die Erwachsenen zu beschäftigt, kletterte es heimlich und ohne fremde Hilfe die Schränke empor. Um sie gegen das Licht zu schützen, waren die sechs Gefäße, als wären sie Teil eines Zaubertricks, mit dunklen Tüchern bedeckt. Anton Winter kniff die Augen zusammen und hob die Tücher Mal für Mal: atemlos wie ein Magier. Unter den Stoffen schlummerten phantastische Welten aus Gewebe und Nervenzellen, Geschöpfe eingehüllt in eine weiche nasse Haut, durch die man hindurchsah, als wäre sie eine Fensterscheibe. Es war ein stilles Glimmen in der Speisekammer. Die winzig kleinen Körper schienen weiß wie der Mond. Sie schwammen in Formalin und stiegen schwerelos bis an die Deckel der Gläser. Auf den Marmeladeetiketten standen in der Handschrift der Großmutter die Jahreszahl ihrer Entstehung und das Datum ihres Verlustes. Mit großen Augen stand Anton auf Zehenspitzen in dem Regal wie auf einer Leitersprosse und verglich das, was er sah, mit dem, was er aus den Anatomieatlanten des Großvaters kannte. Da gab es kaum einen Finger breite Gebilde, groß wie ein Seepferdchen, und ein Menschlein hinter Glas, das sich schläfrig mit geballter Faust an den Brustkorb griff, als müsse sein Herz doch weiterschlagen. Ihre Augen waren schwarz oder leuchteten hinter den niedergeschlagenen Lidern, als wären sie nicht Tote, aber nur Träumende. Adern rot wie ein Baum wuchsen ihnen im durchsichtigen Schädel. Sie waren fossile Ureinwohner, die die Zeit nicht wandelte. Sie waren schlafende Uhren. Sie waren die ungeborenen Pilger der Welt, die starben, lange bevor Geburt und Schicksal sie heimsuchen konnten, und lächelten versteinert mit jenem Lächeln, das einem nur dann im Gesicht steht, ehe man aufwacht.

Anton Winter erschienen diese kleinen Tode als angenehmer Ruhepol in diesem Haus und Garten, in dem Tag für Tag so vieles lebte, und so verbrachte er zahllose Stunden mit den Wesen hinter Glas. Er sah sie sich gut an.

Man wartet viel, wenn man Kind ist, und: man erwartet viel. Als Kind besitzt man diese unsagbare Zeit, sich die Welt anzusehen. Man geht tastend durch die Welt und weckt die Gegenstände. Nie wieder weiß man so viel, und nie wieder verspricht man sich so viel von ihr. Nie wieder schaut man so uneitel auf all das, was anwesend ist um einen. Die Augäpfel sind Erdkugeln, auf denen eine Schwerkraft wirkt, die alle Bilder aus dem Äther zu ihnen herabzieht. Nie wieder sieht man in den Kleinigkeiten so sehr Grund zu großen Hoffnungen. Später schienen Anton die Jahre des Heranwachsens ein großes Warten gewesen zu sein und ein lautloses Wachsen, ein paar heiße Sommer und ein paar kalte Himmel im Winter und stets jene weit aufgerissenen Augen, die die Welt nicht entkommen ließen.

Die Apotheke der Großeltern hatte ihr mittlerer Sohn, Antons Onkel, übernommen, als ihnen der tägliche Weg in die Hafenstadt zu weit geworden war. Manches Mal machten die beiden noch Ausflüge dorthin, setzten sich Hüte auf mit Krempen flach und schneidend wie Rasiermesser, besuchten ihren Sohn in der Apotheke und standen verblüfft am fischigen Meer, als hätten sie im Garten und in den ihn umschließenden Landschaften vergessen, dass es dieses gab. Die Stadt schien ihnen nunmehr kalt und dunkel, zu wenig grün, voller Anker und Trompetenspieler, endloser Häuserreihen und Speichergebäude, das Meer bedrohlich. Seit sie alt waren, wuchs sie ihnen über den Kopf. Dass sie einst, wie so viele andere es heute taten, in ihr gearbeitet hatten, schienen die Großeltern vergessen zu haben. Längst war sie ihnen ein Abenteuer geworden, zu dem sie aufbrachen und von dem sie abends heimkamen mit vom Wind zerzaustem und vom Meersalz verklebtem Haar, dessen Geruch die Kinder bei jeder Umarmung sehnsüchtig einatmeten.

Der Hafen, an dem sie immer noch gerne entlangspazierten, war der Stadt wie eine Spange oder steinerne Borte umgelegt. Draußen schaukelten die Masten der Boote wie Waagenzünglein. An den Wellenbrechern machten sie erschöpft halt, saßen mit baumelnden Beinen auf den Betonformen, unterhielten sich über ihren Sohn, mit dem sie im Hinterzimmer der Apotheke neben den großen Schränken rasch einen Kaffee im Stehen getrunken hatten, bevor er wieder zwischen den Salben und Döschen verschwunden war, und kamen sich klein vor. Die Alten schauten tief ins Wasser hinein und an den großen Containerschiffen in den Werften so hoch hinauf, dass sie ihre Hüte festhalten mussten. Sie beobachteten, wie papageienbunte Dirnen die Rastplätze der Matrosen belagerten und die Köche aus den Restaurants an der Uferpromenade ganze Brotlaibe über die Straße hinweg ins Wasser warfen, auf die sich die Möwen stürzten und dann unter dem Gewicht ihrer Beute durch die Luft taumelten. Sie hielten einander um die Hüften und steckten die Nase in den Wind. Sie aßen aus Zeitungspapier hauchdünn geschnittenen Fisch mit Salz und Zucker im Gehen. Sie liefen über die Mole und kauften Brausepulver für die Kinder zu Hause. In die Konditoreivitrinen der schönen breiten Straßen schauten sie im Vorüberschlendern wie in einen Fernseher, die grauen Industrieruinen passierten sie mit raschem Schritt. Dann kehrten sie fröhlich und erleichtert heim in ihren Garten. Dort saßen sie wieder mit den anderen unter den Bäumen, legten Herbarien an, züchteten mit Vergnügen weiße Sussexhühner und pflegten Hand in Hand das Lilienbeet und die Heilpflanzen des Kräutergartens, aus denen sie winters Naturheilmittel anfertigten.

Wenn Anton abends auf dem Schoß der Großmutter saß, roch diese mineralisch, nach bitterem Kraut und kalter Butter. Das Haar wusch sie sich mit Essig und Eidotter, damit es glänzte. Die Großmutter grub tagsüber mit knotigen Fingern Knollen und Zwiebeln in die Erde und cremte sich nachts mit Zitronensaft und Rindertalg die geschwollenen Hände ein, über die sie weiße Wollhandschuhe zog, vor denen es den Großvater schauderte, streifte sie ihn im Bett. Der Großvater stand im warmen Wind und beschnitt die Sträucher und Weinreben am Haus, an denen die Kinder gerne turnten wie Affen. Dann hielt er eine dünne Zigarette in der einen und eine rostige Schere in der anderen Hand, die in der Dämmerung auf- und zuklappte, bis die Dunkelheit zu dicht wurde, um sie zu teilen. Zur Blütezeit war die Luft satt an eigenartigen Gerüchen und Tausenden Insekten, die wie ein leises Murmeln aufstiegen. Liederlich und tropisch blühte es. Kadettenblau, kaiserblau, blassorange, zwetschgengelb. Die Akeleien schwelten. Der Eisenhut brannte. In den Regentonnen schwammen die Frösche im lauen Wasser, und Anton starrte durch die transparenten, schillernden Flügel der ertrunkenen Fliegen hindurch bis auf den Grund, wenn er sich langweilte. Im Kräutergarten wucherten die Goldruten und Schafgarben, als wollten sie aus der Erde hinaus. Es gab Arnika und Engelsüß, grüne Pfefferminze und Johanniskraut, das die Kinder zwischen den Fingern zerrieben, um einander blutige Wunden zu malen beim Indianerspielen. In den Ecken blühten die fünfzähligen Apothekerrosen, und die Großmutter setzte mit ihren Blättern Essig und Tee an, der bei Mundentzündungen half, wenn man ihn gurgelte. Stets gab es Krankheiten und Wehwehchen, Unwohlsein und zahlreiche Verletzungen bei so vielen Kindern und Alten, die es zu kurieren galt. Den Mädchen wusch sie das Haar mit Birkenwasser, das sie aus den Bäumen drechselte, und um die Bienenstiche des Sommers zu lindern, rieb sie die Schwellungen mit körnigem Salz ein und legte die Klingen der Küchenmesser auf die Haut, um sie zu kühlen.

Wenn es Herbst wurde, standen unversehens große Krüge in der Küche, voll mit düsterem Holunderbeerensaft, der die Bewohner vor Erkältungen und der Grippe schützen sollte und den man seufzend trank, um nicht den Unwillen der Großmutter auf sich zu ziehen. Dann streckten die Kinder einander die veilchenblauen Zungen heraus und wetteiferten für Wochen, wessen Urin das Keramikweiß der Toilettenschüsseln am schönsten rosa färbte.

Die Kräuter des Sommers wurden in altmodischen Botanisiertrommeln gesammelt und dann zwischen den schweren Büchern des Studierzimmers gepresst, den *Brüdern Karamasow*, *Und was bleibt ist der Mensch*, alten Bildbänden und *Tom Sawyer*. Einmal im Jahr legten sie die getrockneten Pflanzen mit behutsamen Gesten ins neue Tiefkühlfach und ließen die Staubläuse und die Museumskäfer, die stumm in den Herbarien hausten, erfrieren.

Wenn es in den letzten Wochen der heißen Jahreszeit heftig gewitterte und Regen und Hagel fielen wie Würfel, holte man diese Pflanzensammlungen neben den Medizinlexika hervor und las in ihnen wie in Bilderbüchern, die an schöne Zeiten erinnerten. Tagelang saß man fest im Haus, während draußen alles gleichzeitig passierte. Bei jedem schwarzen Unwetter probte man den Weltuntergang. Die Gewitter fuhren übers Land und drängten die Menschen zusammen unterm Dach der Veranda oder im großen Wohnraum neben dem Apothekenzimmer. Die Kinder saßen auf den alten roten Teppichen am Boden und fuhren mit Spielzeugautos die Muster entlang, als wären es Straßen. Das gewohnte Leben setzte aus und ein unentrinnbares Warten ein. Gab es Licht, wurde gelesen und Karten gespielt, fiel der Strom aus, saß man bei Kerzenschein um den langen Tisch herum und trank Obstschnaps und Limonade oder Rotwein mit einem Schuss Bitterlikör. Wie der Regen fiel, schwer und rauschend, dass er die Fenster verdunkelte. Wie die Fliegen bei diesem Regen durch die Zimmer surrten und feist und schwarz mit dünnen Beinchen über die Haut liefen, bevor man nach ihnen schlug und sie sich auf dem Nächsten niederließen. Wie man immer in die Ecken starrte. Über die Flure und den Garten flog das Wetter hinweg. Die Vögel taumelten im Sturm und saßen dunkel und nass in den Bäumen. Die Luster schaukelten unter dem Luftzug, der durch die Fensterritzen ins Haus drang und in den Ecken erstarb. Die Donnerschläge rollten heiser über die Felder, als wären sie große schwarze Räder, und die hochgewachsenen Blumen knickten unter dem heftigen Regen streichholzgleich, wie die Großmutter ewig besorgt durch die Scheiben beobachtete. Wurden ihr die Regenstunden lang, setzte sie sich in ihren Ohrensessel und ließ die Beine baumeln, drehte abwechselnd an den zwei Weltkugeln, die im Wohnzimmer standen, und trommelte mit den Fingern auf den kleinen Himmelsglobus, bis ihr die Fingerringe über die bleichen Nägel rutschten. Sie erteilte allerlei kleine Aufgaben während dieser Wartezeiten, zupfte an einem der Sacktücher, die stets in ihren Blusenärmeln steckten und die sie immer und immer wieder verlor, und schickte die Kinder des Hauses auf die Suche nach den bereits verlegten. Dann schwärmte die Kinderschar aus und zog die Stofftaschentücher aus den Ecken und Geheimverstecken. Es war ein Spiel dem österlichen Eiersuchen gleich. Sie dankte, steckte die Nase hinein, auch wenn es nicht notwendig war, und untersuchte es im Licht auf Flecken, während der Regen an den Scheiben herabwusch. Sie unterhielt die Kinder, hob mal das eine, mal das andere auf ihren Schoß, spielte Kasperltheater mit den Spielkartenkönigen, die vor allem Anton wild beschäftigten mit ihrem ernsten Blick, dem geraden Hals, ihrem stillen Kampf gegeneinander auf den flachen Papierkärtchen.

Die anderen Bewohner verhielten sich ruhig. Im Leuchten der Blitze waren die Menschen wie aus Stein gehauen, mit grauen Gesichtern, die hinaus in jenes schwarze nasse Land starrten, das sich vor ihren Augen in ein schreckliches Paradies verwandelte. Anton Winter fürchtete sich nicht, aber erahnte die Willkür der Natur mit besorgtem Kindergesicht.

Nach dem Regen erwachte das Haus zu neuem Leben, und die Bewohner zerstreuten sich in alle Richtungen, gingen auf ihre Zimmer oder wanderten durch den Garten und den Wald, um diesen auf Schäden zu prüfen. In den gusseisernen Gießkannen stand das Wasser, und die Erde dampfte wie heißer Tee. Draußen auf den nassen Kornfeldern lungerten die Saatkrähen und flogen auf, wenn in der Ferne ein Zug vorbeiratterte oder neuer Wind aufkam.

Hinterm Haus jenseits des Gartens begann ein Wald, vollgestopft mit grünem Farn, Märchenwiesen und Geistern, die die Kinder lockten. Im Frühling lutschten sie an den Trieben der Lärchen am Waldrand und kauten auf den weichen grünen Wipfeln, bis die Mundhöhle so frisch war, als hätten sie sich gerade erst die Zähne geputzt.

Sie saßen auf den Hochsitzen über den Lichtungen und schossen mit Tannenzapfen auf die vorüberziehenden Wolken und auf jene, die davonliefen, bevor es dunkel wurde. Alles was Anton Winter über den Wald und das Holz, das in ihm schlief, wusste, lernte er von seinem Vater, der ihm ansonsten nicht vieles beibrachte und den er selten sah. Auf seine Spaziergänge und Streifzüge durchs Gehölz jedoch nahm der bärtige Mann die zwei Buben gerne mit und erklärte ihnen die geheimnisvolle Pflanzenwelt und jene der Hölzer. Er lehrte sie die Namen der Bäume, machte sie bekannt mit den einsamen Gesichtern der hageren Männer auf der Jagd, die alleine vor ihren Hütten inmitten des Waldes standen und Kaffee aus Blechbechern tranken, und dem ernsten Blick eines Tieres, bevor es starb. Der Vater war Analphabet mit Händen so groß, dass er die kleineren Bücher des Hauses kaum zu halten vermochte, aber er baute Instrumente, die klangen wie Wind im Gras. Der Vater war Geigenbauer in dritter Generation und sah, wenn er durch den Wald ging, in jedem Baum ein Instrument, das aus dem Holz erwachen konnte. Für ihn schliefen in den Fichten und in jedem Ahorn die Geigen, die er noch nicht gebaut hatte, und ihm war, als wären sie bereits in die Stämme eingelegt und er müsse sie nur herausheben aus dieser Wiege, wie er es einst mit seinen Kindern getan hatte. Vor seinen Augen standen die Bäume in stiller Rivalität. Er liebte die geraden Stämme und unterschied streng jene Gewächse, die schnell in die Höhe schossen, von jenen, die viele Jahre brauchten, um groß zu werden. Je langsamer die Bäume wuchsen, desto enger saßen die Jahresringe aneinander und wurden so zu Klangholz, das dicht genug war, um die Töne, mit denen sich die Resonanzkörper füllten, zu tragen. Zwischen Holz und Mensch wirkte ein magischer Kreislauf. Es schien, als könne jederzeit das eine auch zum anderen werden. Nichts musste bleiben, was es war. Alles war formbar, auch in seiner Funktion. Der Kern der Welt schien ein *nucleus movens* zu sein, der sich einmal in der einen und dann in einer anderen Schale versteckte. Anton schauderte. Für das Kind war es ein Zauber. Erst standen die Bäume stramm wie Männer im Wald, und nachdem man sie in mondlosen Nächten geschlagen hatte, modellierte der Geigenbauer ihnen neue Leiber, er machte sie zu Violinen und schenkte ihnen die Taille der Frauen, als würde er Holzpuppen erschaffen. Erst fällte er sie, und dann gab er ihnen ein neues Leben und einen flüchtigen Atem. In der Musik hatte er eine Liebe gefunden, die ihm in Erinnerung blieb, weil sie sich ihm Mal um Mal entzog und niemals blieb. Ob es seine einzige war oder er auf seine Art und Weise auch Mensch und Tier, seine Frau und seine Kinder liebte, dessen war sich Anton zeitlebens nicht sicher, und er fand es nie heraus. Zu Hause verschwand er nach den Spaziergängen in seiner Werkstatt und strich nachdenklich über die Körper der Instrumente an der Wand, so zart, als wären sie eine Frau. Wenn er abends zum Essen in den Garten oder ins Haupthaus kam, roch er nach Kolophonium, und hin und wieder lieh er das Pech, das die Geigenbögen klebrig macht, den Nachbarn aus, die damit die toten Schweine nach dem Schlachten enthaarten. Er glich einem Kinderschreck, vor dem man sich gern ein bisschen gefürchtet hätte, wenn er es nur zugelassen hätte. Niemand durfte die Werkstatt betreten, und keines seiner Kinder sah je, wie er eine Geige baute. Die fertigen Instrumente tauchten irgendwann unversehens im Wohnzimmer auf, wo sie erst probegespielt und dann in Violinkoffer verpackt wurden, die man am nächsten Tag mit in die Stadt nahm. Vieles, was der Geigenbauer tat, trennte ihn von seiner Familie, und so war Anton den Großeltern weit zugetaner und näher, als er es dem eigenen Vater war.

Die Großeltern lehrten Anton alles, was das Kind, das lächelnd keinen Unterschied machte zwischen tot und lebendig und seine Zeit gerne vor den versteinerten Fehlgeburten in der Speisekammer absaß, in sich aufnehmen wollte. Abgesehen von der Kräuterkunde und einem basalen Apothekerwissen brachten sie ihm bei, wie man Hühner züchtete und mit den ewig flatternden Vögeln umging. Anton war ein schmales Kind mit großen Händen, und die Großeltern füllten ihm morgens beim Eiersammeln hinterm Haus die Eier in die Handteller wie in eine Schüssel. Sie zogen die noch warmen Eier aus den Nischen oder den Hühnern mit spitzen Fingern aus dem After und streiften zwischen den schlagenden Flügeln durch die Stallungen, bis sie mehr gefunden hatten, als sie tragen konnten. Der Großvater erzählte während der Suche gerne aus dem Krieg, von seinen Soldaten- und Hungerjahren, durchleuchtete die Eier der Bruthennen mit einer Stabtaschenlampe und entfernte jene, in denen schwarze Schatten an die Schale drangen. Anton Winter stand in Bergen aus Stroh und hielt die Eier hoch mit vor Beflissenheit zitternden Fingerspitzen. Das Durchleuchten war ein Schattentheater, das die Zukunft voraussagte. In den befruchteten Eiern zeigten sich helle Spinnennetze aus Adern, in den leeren aber ein geschlossener Hexenring, der einsam im Klar trieb. Erst sah man im Schein der Lampe ein Maschenwerk aus Blutgefäßen, und später, bevor die Küken schlüpften, waren die Eier mit einer kleinen Luftblase und einer großen Dunkelheit befüllt, die schließlich als Vögelchen ans Licht drängte. Das Kind stand mit roten Wangen und Federn an den Händen vor den Nestern und schaute mit weit aufgerissenen Augen. Wie fremd und planetoid die Eier am Boden lagen. Wie sie kosmisch tickten. Wie die Löcher aus dem Inneren heraus entstanden und zu Rissen wurden. Wie die ungeborenen Vögel in den Eiern schaukelten, bis sie erschöpft in ihren zerbrochenen Schalen lagen und sich kaum regten. Die Verwunderung, die ihn damals erfasste, ließ niemals nach, auch nicht, als Anton Winter längst fortgegangen war in die Stadt und dort auf der Dachterrasse eines Hochhauses exotische Vögel für die Sammler und die Verrückten züchtete.

In jeder Kindheit sind die Alten unaussprechlich alt, und jede Kindheit ist stets jemandes spätere Verzweiflung. Als Anton erstmals überlegte, den Garten zu verlassen und in die Stadt zu ziehen, waren die Großeltern längst auf ihrem letzten Weg. Sie träumten vom Tod wie von einer künftigen Tatsache und wollten sterben, wenn die letzten Blätter von den Bäumen fielen oder winters das Haus einschneite und der Schnee durch die Fenster stöbe. Der Tod wird irgendwann ein stiller Wunsch in den Winkeln des menschlichen Körpers. Oft in Antons Kindheit starben die Alten tatsächlich im Herbst, wenn das Land kahl und verletzlich wurde, so als wären sie Früchte, die schlussendlich geerntet und mitgenommen wurden. Während die Kinder wuchsen, schrumpften sie schon wieder und wurden klein, um durch die Ritzen zu passen, durch die man die Welt verlassen konnte. In den Jahren vor ihrem Tod saßen die Großeltern alt und ledrig wie Echsen auf der Holzbank im Garten. Ihre Beine standen mager in den Gummistiefeln, so dass sie den getrockneten Gräsern und Ästen, die aus den Vasen der Veranda ragten, ähnelten. Sie wurden mehr und mehr Teil dessen, was sie betrachteten. Ein Gehäuse, angefüllt mit Erfahrungen, an dem die Welt vorübertobte, um die finalen Spuren zu hinterlassen. Sie verwitterten mit den Jahreszeiten und blühten auf mit ihnen. Sie alterten schnell und unaufhörlich. Biologie und Zeit, Zufall und Zerfall verdichteten sich in ihren Leibern. Ihre Körper dienten den anderen als Chronometer, an denen sie ablesen konnten, wie sehr die Zeit vergeht und schon vergangen war. Sie schauten mit verkörnten Blicken ins Sonnenlicht, und die trockenen Lippen waren aufgesprungen wie Blattgold, das sich von Statuen löst. Irgendwann schien ihnen die Welt voller Geister, und sie begannen einander zu verwirren, wenn sie lichte Momente hatten und einander davon erzählten. Aus der Wahrnehmung wurde ein Wackelkontakt zur Wirklichkeit. Oft stritten die Großeltern, die sich schon ihr ganzes Leben kannten, erbittert darüber, wo sie waren oder wie etwas geschehen war, und schliefen nachts doch gemeinsam in dem großen Bett, in das man sie brachte. Es war, als irrten sie gemeinsam von der Erde davon, so wie sie ihr ganzes Leben zusammen auf ihr verbracht hatten. Wenn die Sonne unterging nach den Nachmittagen im Garten, dachten sie, es wäre die ganze Welt. Die Großmutter weinte manches Mal, wenn sie hörte, dass man sagte, sie würde zu einer anderen, und konnte sich nicht erinnern, wer sie vormals wohl gewesen war. Die Alten vergaßen immer mehr von dem, was jemals passiert war, und konnten nicht glauben, dass es nach jeder Nacht noch einmal einen neuen Tag geben sollte. Sie verwechselten die Zeiten mit Orten und die Gedanken mit Gefühlen und Tatsachen. Sie lebten losgelöst von der äußeren Welt und kollidierten doch mit ihr. Sie wurden chaotische Akkorde, die in der Harmonie des Gartens ertönten. Jenseits der großen Zuneigung kam eine unbeholfene Traurigkeit unter den Familienmitgliedern auf und jene peinliche Berührtheit, die entsteht, wenn die gut gemeinten Ratschläge und Erfahrungen der Alten nicht mehr hilfreich sind, weil sich die Zeiten so sehr verändert haben, dass sie es nicht einmal bemerkt haben, und nichts mehr ist, wie es war.

Anton beobachtete vor allem die Großmutter aufmerksam und prägte sich diese letzten Momente ein, immer darauf vorbereitet, sie als seine abschließende Erinnerung zu behalten, sollte es nötig sein. Und unermüdlich erzählte er ihr, dass er sie lieb habe, damit sie es nicht, wie so vieles andere, vergaß und um die Furcht vor ihrem Tod zu lindern, nicht für sie, aber für ihn selbst.

An Tagen, an denen niemand Zeit hatte für die beiden, saßen die alten Menschen still wie Lampen im Schlafzimmer und leuchteten im Abendlicht unter ihrer Pergamenthaut.

Es war eine heilige Kinderzeit in diesem Garten und in diesem großen, todesvernarrten Haus, in dem Anton Winter so sehr zu Hause war und nichts anderes lernte, als ein großer Mensch zu werden und am Ende so klein zu sein wie alle anderen und keine Angst davor zu haben. Die Kinder, so schien es, fürchteten sich vor nichts, und so gehörte ihnen alles: vor allem das Leben. Die Enge und Weite der Natur waren unergründliche und eindrückliche Erfahrungen gleichermaßen, die den glatten Charakter, mit dem man geboren wurde, aufrauten. Anton Winter dachte später oft wehmütig an die Orte seines Heranwachsens, den Garten, die Streuobstwiesen und die Kürbisäcker, die Urwälder, die man durchstreifte, die alten Bergwerke, zu denen man an der Hand des Großvaters hinabstieg, und das Goldgelb des sitzengebliebenen Gugelhupfs, der einen erwartete, wenn man im Sommer müde heimkehrte ins Haus. Diese Dunkelheit und die herzbeklemmenden Landschaften, in die man zog, um sich dann wieder in den Schutz des Hauses und der Familie zu flüchten, vergehen mit den Jahren nicht, wohl aber die Geborgenheit, wenn man groß wird, die sie einem erträglich macht.

Noch viele Jahre später stand Anton Winter, wenn es zu kalt wurde, um hinauszugehen, in seiner Wohnung im obersten Stock des Hochhauses in der Stadt und sortierte nostalgisch die Dinge, die ihm geblieben waren aus dieser Zeit. Die Erinnerungen an die Toten gingen durch ihn hindurch, wie die Gegenstände und Besitztümer durch seine Hände gingen. Die Liebe zu jenen Menschen seiner Vergangenheit blieb stets groß genug, dass sie ihn noch Jahrzehnte später er- und überfüllte. Wenn er an damals dachte, dachte er an das Kind, das er einst gewesen war, und an die Alten. Er stand ihnen um so vieles näher als den eigenen Eltern, die er in seinen Erinnerungen kaum fand. Sie waren verblasste Scherenschnitte, die im Hintergrund lehnten. Er erinnerte sich an die Sommer bei den Großeltern wie an ein Königreich, aus dem man vertrieben worden war. Er dachte an die Butterblumen und die Marillenknödel. Die handtellergroßen Hollerblüten eingelegt in Zucker. An diese Großmutter, die sie alle so liebten und die den Kindern, wenn sie Kleider und Strümpfe stopfte, lachend Knöpfe auf den Handrücken nähte, in die oberste Schicht der Haut, um die fassungslosen Buben und Mädchen zu erschrecken und ihnen zu zeigen, dass es gar nicht weh tat. Er hörte wieder die vertraute Stimme, die in der Küche *Das Glück ist ein Vogerl – wann fliegt es zu mir* sang. Er erinnerte sich an den Mond und seine alarmierende Schönheit im Dunkel, wenn sie aus dem Fenster zum Himmel zeigte, bevor sie die Läden schloss in der Stube. Er rief die Bilder der Wiesen zurück, und ihm schien, als sähe er, wie im Garten gleichermaßen die Köpfe der Löwenzähne und die Häupter der Großeltern erst weiß wurden und dann kahl im Wind der Jahre. Wie diese gesunden Menschen mit den Apfelbacken und den Zahnlücken schrumpften. Wie die ledrigen Bauernhände aufrissen und blaue Adern im Marmor der bleichen Haut der Alten wuchsen. Wie alles alt wurde. Wie vieles verschwand. Wie der Großvater starb und alle mit gebeugten Rücken standen am Grab. Wie die Großmutter in ein kleineres Zimmer zog und alleine Kuchen buk, an dem sie sich die Hände wärmte. Wie sie ihren Atem schwer mit sich zog wie einen Schatten. Wie sie dem Großvater bald folgte. Wie der Raps leuchtete im Frühjahr unter dem Nebel. Wie das Eis rauchte, wenn es regnete im Winter. Wie nur diese unaussprechlichen Landschaften blieben, der Mond und eine unbestimmte Abwesenheit, die nichts mehr barg, das man ungestraft lieben konnte. Als Kind liebt man so viel und trägt so wenig von der Verantwortung, die damit einhergeht. Als Kind liebt man alle Dinge, die einem nah sind, und später muss man viel allein sein, um zu lieben. Anton war nun lange erwachsen, ein hagerer Mann, der nicht schlief, weil die Vögel in der Stadt Tag und Nacht schrien und die Welt unterging. Und der erstmals wieder liebte.

2 | Die Stadt

Anton Winter war Vogelzüchter, obwohl er vielleicht besser Dichter oder Totengräber geworden wäre, mit der Kindheit, die ihm im Nacken saß. Stück um Stück hatte er Verwandte, Spielkameraden, Gefährten verloren auf dem Weg, den er beschritt, nicht nur die Alten, auch Schulfreunde und Leute so jung, dass er sich für deren langes Leben verbürgt hätte. Der Tod folgte ihm auf leisen Füßen. Es war, als trügen ihn alle, mit denen er zu tun hatte, besonders nah am Herz. Der Knochenmann löste sich ihnen als Skelett vom Leib, trat als ihr dürres Abziehbild heraus und lief schwankend durch das Land, stieg in die Gräber der Friedhöfe hinab, wurde zum Sandmann und legte sie traumlos schlafen. Und immer hatte er ruhig diesen Lauf der Dinge beobachtet, erst als Kind, dann als erwachsener Mann, selbst niemals krank, immer eigenartig gesund, immer staunend, immer stumm.

Auch jetzt stand er, statt zu schlafen, wortlos nachts am Fenster wie Abertausende andere Menschen der Stadt, die sich in der Finsternis hinter dem Glas verbargen und einander in die dunklen Scheiben starrten. Vom obersten Geschoss des Hochhauses, in dem er lebte, dem einundzwanzigsten, hatte er eine bessere Aussicht als all die anderen, die in die Nacht schauten. Es war das höchste Haus der Stadt, in der Ferne sah man bei Tageslicht das Meer. Seine Wohnung war als Kubus auf das Haus aufgesetzt und von allen Seiten von einer Terrasse umgeben, die das Dach des restlichen Gebäudes bildete. Raumhohe Glasfronten anstatt Mauerwerk machten sie zu einem durchscheinenden Würfel auf der Spitze des Hauses, der weithin leuchtete, ließ Anton Licht und Lampen brennen. In der Mitte seines Wohnzimmers standen ein Sofa und ein Klavier, und Vogelkäfige hingen von der Decke. Auf der Terrasse drängten sich die Gehege seiner Zucht, ließen ihn über den Dächern inmitten eines Vogelzoos hausen. Unter ihm lag die Stadt wach, obwohl die Straßen im Augenblick leer und still waren. Nur die Katzen rannten die Dachfirste entlang mit aufgerichteten Schwänzen, elektrisierten sich an den durchhängenden Stromleitungen zwischen den Häusern, traten mit den Augen schöner Frauen in den Schein der flackernden Straßenlaternen und verschwanden wieder. Vom Wasser tönten von Zeit zu Zeit die dumpfen Signalhörner der Frachtschiffe in die Nacht. Der Wind war ein elektrisches Netz, das sich über die Häuserzeilen legte und bei Unwettern Salzkrusten auf das Fensterglas klebte, mal hier an den Scheiben klingelte und mal dort um die Ecken heulte. Nacht für Nacht sah Anton aus dem obersten Stockwerk des Hochhauses in die Fenster der kleineren Plattenbauten in der Nachbarschaft. Sah, wenn doch einmal die Lichter angingen, wie eine alte Frau mit bestimmten Handgriffen ihrem Ehemann, der hilflos die Wand anstarrte, das spärliche, fettige Haar zurückkämmte, wie sich eine Dame im Kostüm und mit toupiertem Haar einen vertrockneten Blumenstrauß in Zellophan vor das Gesicht hielt und durch die Wohnung trug, wie ein Glatzkopf silberne Fische in der Pfanne briet, wie ein kleiner Junge einem sitzenden Erwachsenen andächtig die Schnürsenkel band, wie sich zwei Schachspieler in lakonischem Clinch gegenübersaßen, wie eine vornehme Dame ihre Bürsten nicht fand und ihre Pelzmäntel nervös mit Speisegabeln frisierte, sah, wie sich das Nachbarsmädchen an einem Telefonkabel erhängte und der Hörer in der Luft baumelte. Mit Sorgfalt betrachtete er sie alle und ohne Überraschung. Dicht heran holte er sie sich im Fernglas, so dass sie, die sich unbeobachtet glaubten, ihm zum Greifen nahe waren mit all ihren Gesten und ihrem heimlichen Leben, das man nur führt, wenn man allein mit sich ist. Von Zeit zu Zeit ließ er den Feldstecher sinken, peinlich berührt von der sorglosen Intimität, deren Zeuge er wurde. Die Schutzlosigkeit beschämte ihn, ihre Einsamkeit, ihr Weinen, die Eigentümlichkeiten, mit denen sie ihren Körper behandelten, ein Griff ins Gesicht, ein Zucken, ein Dehnen, ein Kratzen. Wahllos leuchteten die Fenster auf, und auf den Autos sammelten sich entkommene Kanarienvogelschwärme, die mit auf den Karosserien kreischenden Krallen heiser singend über die Blechdächer stelzten. Die Fischmärkte boten nur noch Gräten feil und die Schuppen, die von den toten Tieren geblieben waren im Hafen. In allen Ecken wiegten sich die Betenden, stumm eingeknickt über Rosenkränzen und Gebetsketten, und klackerten mit den Glasperlen, die ihnen durch die Hände glitten wie Sand. Auch in den Kirchen drängten sich Tag und Nacht die Menschenmassen, die im Gedröhne der Glocken wahnsinnig vor Angst um Gnade flehten. Während die einen unablässig einen Gott anriefen, glaubten die anderen an nichts mehr und zweifelten an allem. Doch alle dachten unablässig ans Unvermeidliche, sammelten Argumente dafür und dagegen, die sie abwogen im stillen Kämmerlein oder austauschten mit Freunden, Bekannten und Verwandten, von denen sie sich in den letzten Wochen schon so oft verabschiedet und die sie später zufällig wiedergetroffen hatten auf den Straßen, so dass auch die Bedeutung von Abschied lächerlich geworden war. Man lachte. Man weinte. Man betete. Man fluchte. Aber unter dem Lärm der Verwünschungen war es still und der Mensch hilflos.

Anders erging es den Kindern. Für die Kinder waren die neuen Verhältnisse ein Segen. Was kümmerte sie das Morgen. Sie nahmen die Stadt für sich ein. Mit großer Freude, beinahe aufgeregt sah es Anton durch sein Fernglas. Es kam vor, dass er selbst unwillkürlich in die Hände klatschte. Der Verkehr war größtenteils zum Erliegen gekommen, und man durfte ohne achtzugeben überall spielen auf den Straßen. So spielten die Kinder Krieg und eroberten sich Stück für Stück die Stadt, vor der man sie immer gewarnt hatte, rochen an der kalten Erde, wenn sie hinfielen, und horchten in den Boden hinein, kugelten über den Asphalt und kletterten auf die Verkehrsschilder. Sie liefen und liefen, strömten aus und kamen zurück zu ihren besorgten Eltern, überzogen die Nachbarschaft mit ihrem kleinen Krieg und schossen mit Wasserpistolen aufeinander, rissen Globen aus ihren Halterungen und spielten Ball mit den Weltkugeln, dass sie über den

Asphalt rollten und sich die Länder und Kontinente über die Bürgersteige drehten. Anton sah den spielenden Kinderhorden zu und fühlte sich an etwas erinnert, das er, sosehr er sich auch bemühte, nicht benennen konnte, und oft lag er lange darüber grübelnd wach des Nachts, bevor er erschöpft in seine Träume fiel.

Während Anton Winter in den Nächten von dem Garten seiner Kindheit und dem Tod der Großeltern träumte, war der Schlaf aller anderen voll von wirren Träumen, aus denen die Welt, die man kannte, zusehends verschwand. Es schien, als fräßen die Träume auf, was man je gesehen hatte, als zersetzte sich die Welt im Traum und wurde fremd, wie sie auch am Tag den Menschen von einer bekannten zu einer unbekannten geworden war. Ähnlich den Farben, die mit der Zeit immer mehr verblassten, lösten sich auch die Formen eine nach der anderen auf. Die Geraden der Häuser und des Horizonts, die Ecken der Gegenstände, die Windungen der Treppen, die Rundungen der Kaffeetassen und der Wellen, die Linien der Gesichter wichen erst ab von ihrer gewohnten Beschaffenheit, gingen später verloren und kamen nicht wieder, wenn man nur lange genug schlief. Man wurde blind über Nacht. Es wurde schwarz vor dem inneren Auge. Wer träumte, sah nichts mehr, und statt der Bilder drängten sich Töne in den Schlaf, wuchsen sich aus zu einer Kakophonie markerschütternder Laute, die den Menschen im Schädel hallten und die Ohren betäubten. Unter dem Scheitel und dem Stirnbein türmten sich alte Melodien, um jäh in Gekreische zu zerfallen. Ein Zischen und Gurgeln fuhr durch den Kopf der Schläfer, schlug um in plötzliche Lautlosigkeit, die als kreidehelles Seufzen zurückblieb im Hirn. Es war bombastische Unterhaltung, ein dämmernder Irrsinn, Entertainment für die Wahnsinnigen. Nachts hatte man Angst vor den Geräuschen der Träume, und morgens fand man die Stille, in der man die Augen aufschlug, unerträglich. Den Menschen stand die zerstörerische Wirkung des Schlafes ins Gesicht geschrieben. Die Nerven der Schlaflosen waren längst zerrüttet, und die Ohren der Träumer taub. Die Nächte traumatisierten die ganze Stadt, darum standen die Bewohner irgendwann lieber an den Fenstern, als sich hinzulegen. Wehmütig dachte Anton an Zeiten zurück, in denen die Stunden mit geschlossenen Augen den Schmerz und die Sorgen schluckten und nicht hervorriefen. Die Augen zu schließen war für ihn von Kindesbeinen an eine gute Übung gewesen zu verschwinden, entweder aus der Welt hinaus oder hinein in eine andere. Oder Verschwundenem wieder auf die Spur zu kommen. Immer hatte er gern geschlafen. Selbst am Nachmittag, wenn die anderen Kinder unwillig und zappelig in den Betten lagen und es nicht erwarten konnten, wieder hinauszustürmen, hatte er gewartet auf diesen nomadischen Schlaf, der sich herumtrieb im Land, mal den einen, mal den anderen überkam, mal hierhin und mal dorthin führte und ihn, wenn er Glück hatte, träumen ließ von den Königen der Großmutter, die tags durch dunkle Lande zogen und sich abends in ihren Spielkarten schlafen legten, die Kronen fest ins Haar gedrückt. Anton erinnerte sich an die flirrende Mittagshitze und die Stille, die mit ihr kam, an das Licht, in dem die brennend heißen Maisfelder ringsum leuchteten. Es war dieses Licht, das durch die Weinreben und die Pfingstrosendrucke auf den Vorhängen gedämpft ins Zimmer fiel, das ihn einlullte und so weit hinein in seine Träume stieß, dass er nur mühevoll aus ihnen zurückfand. Er fiel nicht leicht in den Schlaf, lag oft lange wach, aber wenn er schlief, dann so tief, dass man manches Mal Mühe hatte, ihn zu wecken. Noch heute liebte er so wie damals die Minuten nach dem Erwachen, in denen man ins Narrenkastel schaute und sich die Welt um einen herum erst langsam wiederherstellte, während der Körper noch eine Mumie, eine stille Hülle gelähmt vom Schlaf war, in der sich nur die Augen bewegten. Diese Leere vor oder hinter der Welt, in die man hineinschaute. Auch wenn er heute gar nicht mehr weit schauen musste für diese Leere.

Anton Winter wollte die Großeltern nicht mehr sterben sehen, wollte weder träumen noch erwachen, war des Schlafes müde. Lieber saß er nachts am Flügel in seinem Wohnzimmer, stand an den Fensterfronten, lehnte am Geländer der Terrasse oder wartete, dass im Radio *Love will tear us apart* lief in den Morgenstunden. Spielte er Klavier, fielen seine Hände und Finger auf die Tasten nieder wie ein schwerer Regen, und die Musik war mal hell und mal dunkel, als spielte er sich durch den Rhythmus von Tag und Nacht. Die Vögel draußen auf der Terrasse flatterten verschlafen zu den Sonaten in ihren Käfigen und kreischten erregt auf, wenn er die Töne nicht traf. Mit jedem Tag wurden sie nervöser. Oft hatten seine

Großeltern behauptet, dass man am Verhalten der Tiere ein nahendes Unglück rechtzeitig vorhersehen könne. Die Vögel, all die Vögel. Sie wohnten um ihn herum vor seinen Fenstern, und sie flatterten unter kleinen Kuppeln und hinter Stäben in seinem Wohnzimmer. Bunt wie Blumen oder braun und grau wie Stein mit nassen schwarzen Augen, als weinten sie stets ein bisschen, saßen sie auf ihren Stangen, und wenn sie schliefen, seufzten sie unter ihren Flügeln hervor. Auf der Terrasse drängten sich die Käfige, die Drahtrollen, die Nistkästen dicht aneinander, und die alten Verschläge standen schräg im Wind, der so hoch oben nicht nur die kleinen, leichten Dinge, aber das ganze Haus unmerklich schwanken ließ. Manchmal ließen sich Möwen aus der Luft auf die Betonplatten fallen und betrachteten mit schiefgelegtem Kopf ihre Artgenossen.

Nur das Eck der Pfauen war leer. Immer noch vermisste Anton die großen blauen Fasanen auf der Terrasse und ihren gellenden Schrei, ihren Quecksilbergesang, der in ihrer Heimat Unwetter und Regen vorhersagte. Er vermisste sie, seit er lange vor dem angekündigten Ende der Welt die Zucht an einen jungen Architekten verkauft hatte, der sich die Tiere im Garten hielt und einmal jährlich auf einem Faschingsball in einem Anzug aus Pfauenfedern auftrat.

In der Früh ging Anton mit dem ersten Licht im Morgenmantel zwischen den Volieren und Vogelbauern auf und ab. Er warf einen Blick in die Gelege und Zuchtboxen, besah sich die Wellensittiche und die kleinen Tauben, zog warme Eier unter den Hennen hervor, blieb hier und dort stehen, um eine Feder aufzuheben, und fütterte die Papageien aus der Hand mit überreifem Obst, dessen Saft den Vögeln an beiden Seiten des Schnabels heruntertroff. Entsetzlich grün und gelb leuchteten sie im Frühlicht. Die Hähne aber waren blass geworden, farbloser kamen sie ihm vor als noch vor ein paar Monaten, als ahnten sie, dass es bald zu Ende ginge. Hoch über den Dächern leierten sie ihre Hymnen, während die Odinshühnchen dick und bunt über mehrere Fächer verteilt in einem vergitterten Kleiderschrank saßen, den Anton Winter umgebaut hatte in eine Voliere, und leise an den Tränken nippten. Jeder Vogel war anders, sie alle sangen verschiedene Lieder, aber Anton schien jede Melodie ein Totenlied. Und während die einen tagelang erstickt vor sich hin zirpten, schrien manche andere nach Wochen des Schweigens in der Nacht auf mit einem einzelnen hohen Ton, um sogleich erneut erschrocken zu verstummen.

Waren die Vögel gefüttert, trat Anton ans Geländer und streckte sich. Ein kühler Wind fuhr ihm über Haut und Haar. Er war ein schmaler Mann geworden mit einem dünnen, löchrigen Bart, der aus dem Gesicht über den Hals bis zu den Schlüsselbeinen hinunter wuchs und den er selten schnitt. Bleich und schäbig, wie er selbst. Morgen für Morgen stand er fröstelnd auf dem Dach und wünschte, er könnte seine Haut enger um sich ziehen, um sich zu wärmen. Er war sich selbst so fremd geworden in diesem dünnen Körper, dass er sich kaum erkannte, wenn er sich im Spiegel sah. Knochen wie ein Dinosaurier hatte er, und fleischlos und ausgezehrt schien ihm sein Leib. Eine bedauernswerte Gestalt mit Wassersucht und epochal verwachsenem Rückgrat. Einzig sein Haar war voll geblieben und die Finger stark vom Klavierspielen und so sehnig und geschickt, dass sie selbst die kleinsten Eier nicht zerbrachen, wenn er sie aufsammelte. Ansonsten war er ein Spiegelbild geworden, das er grüßte, aber es schwieg, ein Spiegelbild, dem er die Hand hinstreckte, die es aber nicht nahm, und das verschwand, als wäre es niemals da gewesen, wenn er sich wieder abwandte. So stand er zwischen seinen Vögeln und sah mit dem Feldstecher hinunter aufs Meer, über die Stadt, auf die Menschen in den Straßen. Klein wie Kinder wirkten sie zwischen den Häusern. Und die Stadt wie eine, die er noch nie gesehen hatte, so anders war sie geworden. So laut und eigenartig, überfressen an Tumult. Alles an ihr war ihm ungeläufig, obwohl er schon lange in ihr lebte. Beirren ließ er sich jedoch nicht, seine Tage blieben die gleichen, auch wenn die aller anderen untergingen. Er fütterte weiter die schläfrigen Tauben und die aufgekratzten Hähne, er trank Kaffee, der aus der Tasse hochdampfte wie Rauch. Er blätterte in alten Bilderbüchern und sammelte die ausgefallenen Federn in jutenen Säcken im hintersten Raum seiner Wohnung. Er durchleuchtete Eier, mischte Ei, Honig und Biskuitkrümel zu einem dickflüssigen Brei und beobachtete die Hühner beim Brüten. Er beringte die Jungvögel, die in seinen Händen die Schnäbel weit aufrissen, als wollten sie die ganze Erdkugel schlucken. Er verscheuchte die frechen Möwen. Er hörte Radio und putzte sich die Zähne. Er sah von seinem Dach aus alles schrumpfen und wunderte sich über den Lärm, der Tag und Nacht von den Straßen aufstieg, und hatte das Gefühl: Immer noch war das Leben ein Warten.

Aber nicht nur die Stadt, auch ihre Bewohner veränderten sich. Wie Anton Winter wurden viele dünn vor Sorge, und nach wenigen Wochen erkannte man seine eigenen Nachbarn kaum wieder. Manche hungerten sich förmlich hinaus aus der Welt, vielleicht weil sie die Nachricht einfach nicht verdauen konnten. Erstmals herrschte Chancengleichheit, und jene Individualität, die die Menschen ansonsten voneinander trennte, löste sich auf, weil man sein eigenes Schicksal abgab und ein allgemeines dafür bekam. Es war, als wäre das Los des Einzelnen für unverfügbar erklärt worden. Jeder war abgenabelt von der Zukunft, die er sich ausgemalt hatte, von all ihren Verheißungen und Herausforderungen.

Die Einzigen, die nicht schrumpften, aber zunahmen, waren jene Frauen, die bald Mutter werden würden. Die Schwangeren trugen ihr mit neuem Leben gefülltes Fleisch vor sich her wie ein Haus aus Haut, sie trugen die Kinder wie einen Tod in den Bäuchen und gebaren mit melancholischen Gesichtern vor der Zeit. Die faltigen Frühgeburten fütterte man wie Vögel und wusste nicht, was man ihnen wünschen sollte für ihr winzig kleines Leben. Man wand ihnen Plastikbänder um das Handgelenk, wie Anton den Papageien Ringe mit fortlaufender Nummer um die Füße legte. Solange sie schwanger waren, klammerten sich wildfremde Menschen an die riesigen Leiber der Frauen, um die Herzschläge der

Babys zu hören und Trost darin zu finden. In den Gebärkliniken arbeiteten beinahe nur noch Freiwillige mit wenigen unerschütterlichen Ärzten. Wenn die Kinder schrien, seufzten sie, und wenn die Kinder schliefen, warteten alle nur auf den Moment, in dem sie die Augen wieder aufschlagen würden mit einem Vertrauen, das die Gesellschaft längst verloren hatte. Unter den Freiwilligen war auch Frederike. Seit Wochen stand sie am Tag viele Stunden über die schmutzigen Betten gebeugt oder nachts mit einem Säugling im Arm in der Dunkelheit am Fenster, wiegte sich und das Kind hin und her und starrte hinaus in die Stadt. Fasziniert von dem, was die Erde auseinanderreißt, und dem, was sie zusammenhält: dem Lieben und dem Grauen.

3 | Die Frau

Anton Winter stand da und wartete darauf, dass sein Atem ruhig wurde. Er blickte die Stockwerke hinauf zu seiner Terrasse, so lange, bis es ihn vor Höhenangst schwindelte und er nicht nach oben, aber in die Tiefe zu blicken glaubte. Die Einsamkeit der Tage und das unablässige Schreien der Hähne hatten ihn die Feuertreppe des Hochhauses hinuntergetrieben auf die Straße. Schon vor Wochen war der Aufzug zwischen dem neunten und dem zehnten Stock stecken geblieben, und das dunkle Treppenhaus beunruhigte ihn, so dass er lieber an der Außenfassade hinunterstieg. Er wollte ans Meer. Wer traurig war, ging stets ans Meer. Die Vögel hatten ihm nachgesehen mit schiefgelegten Köpfen und ihm die langen Hälse hinterhergereckt, als wollten sie ihm Vorwürfe machen, dass er sie verließ.

Es war ein eisig kalter Sommertag, und es war schon spät. Der Himmel war grau von Wolken, die der Meereswind zusammenballte zu einer Decke, die nur riss, wenn eine besonders heftige Böe in sie hineinfuhr. Der Wind brachte Gänschaut und taumelnde Möwen von der See, klebriges Haar und trockene Augen, wenn er einem entgegenblies. Ein Frieren bis auf die Knochen, so dass sich am Straßenrand ein paar schmutzig aussehende Gestalten in alte Nikolausmäntel gehüllt hatten, während sie im Wechselspiel von letzten Sonnenstrahlen und Schatten Schach spielten mit bleichen Händen. Sie saßen auf hölzernen Kisten und zusammengerollten Tauen. Neben ihnen lag ein umgestürzter Einkaufswagen. Sie sahen auf wie Geister, als er sie grüßte. Abwesend und fern. Zu ihren Füßen ließen Kinder die geschlagenen Schachfiguren gegen miniaturhafte Actionspielzeuge kämpfen, die sie fest in den Händen hielten. Wie sie lachten im einen Moment. Und wie sie die Figuren gewaltsam gegeneinanderstießen im nächsten. Noch immer gab es: das übliche Leid und das übliche Glück. Es war sehr lange her, dass Anton seine Aussichtsplattform verlassen hatte, und nun überraschte ihn die große Zahl von spielenden Kindern, die er ansonsten nur winzig klein von oben sah durch sein Fernglas. Sie spielten Tag und Nacht, und niemand verbot es ihnen, denn sie mussten ja nichts mehr werden, vor allem nicht erwachsen.

Wohin Anton auch sah, bewegten sich neben den Kindern auch Tiere zwischen den Häuserreihen. Er erschrak vor den Rudeln der Straßenhunde, die mit blutigen Zähnen und traurigen Augen durch die Dämmerung liefen und manches Mal zurücksahen, als hätten sie etwas vergessen. Er sah den Hafenkatzen und Ratten hinterher, die durch die offenen Türen leerstehender Gebäude verschwanden, und den losgelassenen Zirkustieren, die sich in die Schatten der Fassaden drückten. Mager waren sie und schreckhaft. Sie zogen in Märschen durch die Stadt, als wären sie auf einer großen Reise. Die Haut der Elefanten war so grau wie die Haut der Menschen. Wie Gespenster standen sie in den Hofeinfahrten, und an den Wäscheleinen hingen Horden dürrer Affen. An einer Hauswand entdeckte Anton eine Giraffe, die ihren knöchernen Hals an den Putz lehnte wie eine Leiter und deren Rückgrat aus dem verwesenden Leib emporwuchs bis zu den ersten Fenstern. Fremd roch die Stadt, sauer und organisch. Rauchig von den Feuern, die mit dem ersten Zwielicht in den Straßen und an der Mole entzündet wurden. Der Wind trieb die Gerüche vor sich her. Anton stieg über Straßenkreidezeichnungen und geborstenes Glas. Er ging und ging, sah den Vögeln nach, die über seinem Kopf die Straßen querten, und lächelte, wenn er ein besonders schönes Exemplar in der einsetzenden Dunkelheit erkannte. Lange schon hatte er es nicht mehr so aufregend gefunden, das Haus zu verlassen. Lange hatte es nicht so viel zu sehen gegeben. Lange hatte die Welt stillgehalten, und nun war sie ein rotierendes Karussell, das durch ein unheilvolles All raste.

Anton folgte den Zubringergleisen zur Anlegestelle und sah in der Weite das Wasser, den Industriehafen mit seinen stillgelegten Werften und dahinter die Mole, an der noch vor ein paar Monaten Segelschiffe angelegt hatten und Menschen mit Eistüten in der Hand promeniert waren. Das in die Höhe geschossene Gras fuhr ihm unter die Hosenbeine und der Wind ins Haar. Hier und dort standen Güter- und Personenzüge in seinem Weg. Aus den Eisenbahnwaggons dröhnte Musik, dröhnte ihm in den Ohren und verschwand wieder mit einer Böe. An der Bahnhofshalle winkten ihm Kinder zu mit dünnen Armen, während andere mit langläufigen Gewehren auf

Dosen und Flaschen schossen, die man den Hallenwänden entlang aufgestellt hatte. Anton winkte zurück, blieb stehen, um die Beine auszuruhen und eine Zigarette zu rauchen, und beobachtete die Schützen. Eine Gruppe von Mädchen saß mit übereinandergeschlagenen Beinen auf einer Rampe und hatte nicht einen Blick für die vor ihr berstenden Flaschen. Gerne hätte er gewusst, woher sie kamen, die Mädchen, die Kinder und die Waffen, die sie abfeuerten, wenn gerade niemand kam, der sie kaufte. Er studierte die Kinderrücken und die Läufe der Gewehre, die Kompassnadeln gleich in der Luft zitterten, ehe sie ihr Ziel fanden. Er hörte auf das Klicken der Verschlüsse beim Öffnen und das Geräusch beim Einrasten, nachdem neue Patronen in den Lauf geschoben worden waren. Er lauerte auf den Ruck, der durch die Körper ging, wenn die Schießenden den Atem anhielten, bevor sie abdrückten. Er verglich die Stille davor mit der Stille danach, jene, in der man sich die Waffe an die Brust setzte, und jene, die eintrat, wenn man sie wieder sinken ließ. Er sah den Kugeln hinterher, die durch die Dosen schlugen, dass sie erzitterten, und dann dem Licht, das durch die Löcher der Alukörper fiel.

Schon herrschte eine satte Dämmerung, als Anton ans Meer kam. Schon war die Luft feucht und voller Gischt, dass die Schuhe über die Steine rutschten. Ihn fröstelte. Die Hafenpromenade war mit Fischschuppen bedeckt, die im letzten Licht funkelten, und mit Körpern, die leblos inmitten dieses Quecksilberglanzes lagen. Im Radio hatte man ohne Erfolg dazu aufgerufen, sich nicht an den Massenselbstmorden zu beteiligen, die jeden Samstag in der Mitte des Parks, an den Rändern der Stadt oder am Hafen stattfanden. Öfters schon hatte Anton jene Menschen gesehen, die hinter den Fenstern mit den Händen über ihre Habseligkeiten strichen, erwacht aus der Lähmung der Tage sich fahrig einen Hut aufsetzten, verstohlen aus der Tür traten und sich auf der Straße wie zufällig zu einer Menge zusammenfanden, die auf das gleiche Ziel zuging. Sie schossen einander mit den Waffen, die sie an den Bahnhofshallen gekauft hatten, in die Schädel und in die Herzen. Die Kinder hatten ihnen gezeigt, wie man sie lud und abfeuerte. Die Kinder lachten und übten. Die Erwachsenen töteten. Aus Lautsprechern dröhnte *Live and Let Die* über die Exekutionsfelder, mischte sich mit den Klängen der Hochzeitsmärsche, zu denen sich jene vermählten, die sich am Abgrund stehend für die Liebe und gegen den Tod entschieden hatten. Niemand wusste, welche Wahl die bessere war. So feierten die Gäste der Massenselbstmorde und die Gäste der Massenhochzeiten Seite an Seite. Waren die Zeremonien vorüber, zogen die Eheleute Hand in Hand heim in ihre Wohnungen, und die Toten verwesten auf den mit leeren Schnapsflaschen überzogenen Wiesen, bis die Tiere sie wegzerrten oder sich jemand erbarmte und die Leiber verbrannte oder begrub. Man machte sich keine Mühe, Kreuze auf die Gräber der Selbstmörder zu stellen.

Hier am Hafen waren es die Seeleute und ganze Marinechöre, die sich das Leben nahmen, Kriegsbräute mit vernähten Gesichtern und Matrosen genauso wie Offiziere in Uniform mit altmodisch breiten Schultern, Männer und Frauen. Wie Steine sanken sie die Wellenbrecher hinab, wenn sie starben. Sie sanken mit ihren bleischweren Herzen, lagen weich und gallertartig am Meeresgrund mit ihren rostenden Dienstabzeichen, entstellte Körper neben makellosen Fischen, die zuckend durchs flache Wasser schwammen. Andere lagerten, alle Gliedmaßen von sich gestreckt, auf der Mole, und der Wind zog an ihrem Haar. Die Möwen kreisten schreiend über ihnen und dem aufgewühlten Wasser. Längst lag der Mehltau auf den Gesichtern der Gestorbenen, zwischen deren Lippen Krustentiere hervorkrochen und stumm aufs Meer sahen. Es roch nach Fisch und Fleisch. Es gab die Kerben der Eheringe an den feuchten Fingern und die Rosenkränze, die ans Herz gepresst in den Brustkorb gesackt waren und die sie nun trugen wie ein Schmuckstück, eingelegt in die aufgelöste Haut. Es war ein Friedhof ohne Gräber. Anton Winter hockte sich zu den Toten. Seit er den Garten verlassen hatte, war er ihnen nicht mehr so nahe gekommen, als habe er dort auch das Sterben zurückgelassen. Er konnte nicht umhin, sie anzufassen. Ruhig waren sie und kühl, so wie damals. Beweglich nach der gelösten Totenstarre und schwer. Mit steifen Falten am Kopf, mit langen Nägeln an den Fingern, um die herum die gelbe Haut schon weggeschrumpft war, mit Muttermalen auf den verdrehten Armen und eingedrückter Nase, wenn sie auf dem Bauch gelegen waren. Er wusste nicht, wonach er suchte. Er sah ihnen ins Gesicht, wie man fragend in die Menge blickt, um einen Freund zu entdecken, aber er fand niemanden, den er kannte. So saß er eine lange Zeit am Hafen und warf Steine ins Meer, die lautlos den Toten hinterherfielen.

Als er aufblickte, sah er im Dämmerlicht eine Gestalt auf sich zukommen. Eine Frau, so schmal, als wäre sie wieder in ihrer einstmaligen Kindergestalt heimisch geworden, spazierte die Kaimauer entlang und schaute aufs Meer hinaus. Sie trug eine Schürze, die dem Wind hinterherwehte, während sie von einem Stein auf den anderen kletterte. Immer wieder blickte sie von dort auf das Leichenfeld, blickte in die Gesichter der Matrosen, Admiräle und Generäle, die unansehnlich und monstrophil im Hafen lagen, als habe sie sie gekannt. Schon von Weitem konnte Anton erkennen, dass sie weinte. Die Frau beugte sich mal über die eine, dann über eine andere Leiche an der Promenade, dann blieb sie wieder kerzengerade am Rand der Mole stehen und sah hinunter ins Wasser. Als sie Anton bemerkte, zögerte sie keine Sekunde. Ehe sie selbst noch zu wissen schien warum, lief sie los. Vielleicht hatte sie Angst, auch er könnte sich eine Kugel in den Kopf jagen. Ihre Gesten waren die eines Menschen, der einem anderen zu Hilfe kommt, um sich selbst zu retten.

Nur Wochen bevor die Welt untergehen würde, verliebte sich Anton Winter das erste Mal in zweiundvierzig Jahren unsterblich in eine beinahe durchsichtige Frau, eine Frau, dürr wie er selbst, mit geradem Rücken und geröteten Augen, die ihm kampfbereit entgegenblickten. Frederikes Nase sprang kantig aus dem Gesicht. All ihre Knochen traten hervor. Die Lippen waren leicht geöffnet, als habe sie gerade noch geschrien. Ihm schien, als sähe man in sie hinein, es war, als wäre sie kalt und man müsste frösteln, wenn man ihre Haut berührte. Sie war blass wie Milch, und ihr rotes Haar fiel ihr weit über die Schultern. Sie war weder lieblich noch sinnlich mit dem Körper eines Hermaphroditen, aber er fand sie auf eine verstörende Art und Weise schön, so wie ihm mancher Papagei schön erschien. Augenblicklich hatte Anton das Gefühl, auf ein Geheimnis gestoßen zu sein, eine Unschärfe, die er nicht einzuordnen vermochte, ein Maximum an Macht und Tod, das ihn anzog. Sie nahm ihn bei der Hand, und er wusste nicht, ob sie ihn mitnehmen oder von ihm fortgeführt werden wollte. Als er einen Schritt machte und sie ihm folgte, war ihm das Ziel plötzlich klar: Sie gingen nach Hause. Nicht links und nicht rechts sahen sie, aber wandten dem Wasser den Rücken zu, stiegen über Arme und Beine und verließen die ins Meer gesunkenen Matrosen und Kapitäne, ohne noch einmal zurückzuschauen.

Tagelang sprachen sie kein Wort. Sie weinte oft, mit erhobenem Kopf, gebeugt von keinem Schamgefühl, zornig und nackt, manchmal verzweifelt. Sie saßen einander gegenüber, hoch über den Dächern, sahen durch die Fensterfronten zu den Vögeln hinaus und aßen schweigend Linsen aus Konservendosen, die sie am Ofen erwärmten. Frederike kam und ging, verschwand für Stunden und tauchte wieder auf, wenn es dunkel wurde. Dann setzte sie sich auf das Klavier oder legte sich in das große Bett mit einem von nervösen Blähungen harten Bauch und blätterte in den Bilderbüchern und Anatomieatlanten, die sich neben der Matratze stapelten, bis ihr die Augen zufielen. Sie lagen wie Tiere aneinandergedrängt, und

Anton starrte, wachgehalten von der Stadt, in Frederikes Schlaf, bis ihn der seine überkam am Morgen. Er, der mit nichts als Einsamkeit je das Bett geteilt hatte. Stück für Stück und sehr langsam begann Anton die neu entfalteten Zeichensysteme der Anwesenheit eines anderen Menschen zu lesen. Er bemerkte verunsichert das Unbekannte in der Wohnung, die neuen Gerüche von Frau und Haut, den Mief nach fremdem Kot auf der Toilette, die langen Haare, die ihr ausfielen und sich am Boden in den Ecken fingen, die rasch verbrauchte Luft des Schlafzimmers in der Nacht, als atmete man um die Wette, die andersartigen Fingerabdrücke auf den glänzenden Oberflächen der Möbel. Er wurde Schritt für Schritt der Geräusche gewahr – das Reiben einer Hose am Stuhl, das Knacken eines Schultergelenks –, die ihm ihren Aufenthaltsort verrieten, entdeckte zuletzt den neuen Blick, der ihm durch die Räume folgte und an ihm zog, als hinge er an einem Faden. Nichts schien ihm mehr, wie es einmal gewesen war, und doch genoss er die Veränderungen. Nur von Zeit zu Zeit schauderte es ihn vor der Metamorphose, in die er geraten war, und fragte sich, wer er wohl sein würde, wenn sie zu Ende gegangen war. Mochte auch alles andere nicht mehr zusammenstimmen, die Liebenden waren aufeinander zugeschnitten, und nichts war für den Leib des einen so geeignet wie der Leib des anderen.

Jede Nacht war eine große Dunkelheit geworden. Was schliefen sie für einen Schlaf. Noch nie hatte Anton etwas so Fremdes wie diese Frau in seinem eigenen Bett gesehen, wie sie kam und ging, wie sie die Augen nachts schloss einer Türe gleich. Wie sie ihren weißen Körper um die kleine Narbe am Bauch krümmte, die aussah, als hätte man auf sie geschossen. Wie sie schlief, als gäbe es kein Morgen. Wie sie ihn dann verließ in den Schlaf, und wie er fürchtete, sie würde vielleicht nicht wieder wach. Während der häufiger werdenden Unwetter war ihm, als sähe er ihre Knochen aufleuchten im Licht der Blitze und ihr Herz im Käfig der Rippen wie einen Vogel, der mit den Flügeln schlug. Wenn sie träumte und die Augäpfel hinter den zitternden Lidern von links nach rechts und von rechts nach links rutschten, beugte er sich über sie und wünschte, sie hätte einen gläsernen Kopf, so dass er doch hineinsehen könnte in ihren Traum. Sie schlief, die Hände zu Fäusten geballt, einen ungesunden, zuckenden Schlaf, der den steifen Körper umherwarf, und erst später, wenn er ihr die Fingerspitzen vorsichtig auf die Lider legte, rollte sie sich zusammen und schmiegte sich an ihn. Mit der merkwürdig seltenen Angstlosigkeit zwischen Männern und Frauen lagen sie beieinander. Morgens erwachten sie im Dunst der Zigaretten, die Anton in der Nacht an ihrer Seite geraucht hatte, und mit schlechtem Atem. Mit den Fingerspitzen kratzten sie einander den verkrusteten Schlafsand aus den Augen, vorsichtig, als fänden sie Reste und Sedimente der fremden Träume darin, und wischten die hartgewordenen Sekrete ins Leintuch. Dann kämmte sich Frederike draußen auf der Terrasse die Zigarettenasche aus dem Haar, während Anton die Eier in den Vogelverschlägen einsammelte. Wenn sie in die Ferne zum Meer blickte und die Augen schloss, zitterten ihre Augenlider.

Der Kaffee zischte in der Küche. Die Vögelchen randalierten im Morgenlicht. Schweigend saßen sie einander gegenüber und wechselten manches Mal fragende Blicke über die Tischplatte hinweg, denen niemand Antwort gab. Sie sah ihn anklagend an, als nehme sie an jedem Tod Anteil, auch an jedem kleinen, wenn er ungeschickt eine Ameise vom Tisch wischte und sie versehentlich zerdrückte. Es war, als nähme sie das Unglück anderer persönlich, jede Ungerechtigkeit, Grausamkeit, Traurigkeit. Halb beschämt, halb trotzig erwiderte er diese Blicke, suchte nach etwas, das ihn ebenfalls abstieß an ihr, dachte daran, wie sie nachts mit lauten Schritten auf die Toilette ging oder sich nervös den Kopf kratzte, dass Hautschuppen aus ihrem Haar rieselten. Sie löffelten stumm und beobachteten, wie sich die Möwen am Horizont sammelten und den Himmel beschrifteten. Dabei lagen die Füße der Frau kalt auf der Kante seines Stuhles und auf seinen Schenkeln. Hatten sie fertiggegessen, drehten sie Zigaretten, leckten über das brüchige Papier, aschten in die aufgebrochenen Schalen der Frühstückseier, drückten die Stummel im feuchten Klar aus und setzten die Kappen sorgfältig auf das Ei, als wollten sie es wieder ganz machen.

Auf den Schornsteinen saßen die Raben, im tosenden Meer schwammen die Fische und auf den Gleisen blühten die Blumen wie verrückt. Je mehr die Zeit herunterschrumpfte, desto mehr hing der Mensch am Leben. Alles, was nicht Schrecken war, war ihm ein Wunder. Man hungerte nach allem, und man verhungerte an allem gleichzeitig. Man rief Absolution für alle aus. Jedem Taugenichts verzieh man das gute Leben, das er gehabt hatte, vergaß die Wut und die Gewalt, die ihr gefolgt war, und erinnerte sich kaum noch, woher die Narben kamen, die man auf der Haut fand, wenn man an sich herabblickte. Man war groß oder klein genug füreinander geworden, und da der Zeithorizont nicht mehr individuell, sondern für alle gleichermaßen gültig war, galten für alle die gleichen Voraussetzungen – die Chancengleichheit der Uhren. Niemand fühlte sich übervorteilt, niemand erwartete Versprechungen in diesen Tagen. Man war verloren genug, sich in jedem zu finden.

Frederike und Anton hatten also keine Zeit, und sie hatten keine Angst, da ihnen das Schlimmste, was jenen passieren konnte, die einander begegneten und aneinander scheiterten, erspart bleiben würde: dass man sich ein Leben lang vermisste. Der Augenblick, ab dem die große Liebe nicht mehr größer werden konnte, aber nur noch kleiner, fehlte in ihrer Zukunft. Ruhig waren sie miteinander und sprachlos, ihre Körper aber voll von jener nervösen Dringlichkeit, die alle, die liebten, übermannte. Während draußen die Welt in tausend Stücke fiel, schliefen die Menschen miteinander, weil sie nichts anderes anzufangen wussten mit ihren heilgebliebenen Körpern, als sie zusammenzukleben zwischen all den Scherben. Lust und Liebe erwuchsen aus der Todesangst. Jede Berührung reichte bis tief unter die Haut. Jede raue Fingerkuppe schien unübersehbare Abdrücke und winzige Wunden zu hinterlassen. Jeder Leib war in Haut gewickelt wie in Geschenkpapier. Wenn das Radio Klaviermusik sendete, war das für Millionen Paare der Anlass zu rührseligem Sex, so überladen, dass man sich hinterher beinahe dafür schämte. Es gab keine Zufriedenheit, keine Befriedigung, aber verhaltene Erleichterung. Man konnte die Hände nicht lassen vom atmenden Brustkorb des anderen. Man horchte am Herzen. Man hing am bloßen Leben des anderen.

Anton Winter saß in den Laken nackt wie ein Kind, und die Vögel auf dem Dach starrten auf das rote, wehende Haar Frederikes, wenn sie sich liebten. Die Hähne drehten die Köpfe in ihren Käfigen und kreischten ihr im Chor zu, wenn sie kam. Sie bewegte sich frei, ohne die Bürde der Schönheit, ohne das Gewicht der Scham. Wie kühl sie ihm in der Hand und auf der Haut lag. Ihr Geschlecht schmeckte nach salzigen Nüssen. Er biss in ihren Körper hungrig wie in einen Apfel, so fest, dass sie zusammenzuckte. Er fuhr in ihre Fotze mit aneinandergelegten Fingern, als zwängte eine Frau die Hand in einen engen Armreif, und fühlte sich beschützt und geborgen in ihrem Leib. Ganz hinein wollte er in sie. Sie selbst schrie manches Mal über die Schulter neben dem Kopf des Mannes stumm in die Luft mit weit aufgerissenem Mund und weinte und weinte und weinte, ohne einen einzigen Ton von sich zu geben. Hob er den Kopf, um ihr ins Gesicht zu sehen, drückte sie ihn ohne jede Zärtlichkeit zurück. Irgendwann kamen auch ihm die Tränen, stürzte er ihr in die Verzweiflung hinterher, sah sich wie ihr Spiegelbild weinen und wusste nicht warum.

Lange weinten sie so und konnten nicht aufhören. Alles, was die beiden je übers Weinen gewusst hatten, war getilgt. All die Sitten und Gepflogenheiten der Traurigkeit, die man in seiner Familie erlernt, all die trostvollen Gesten, die man verabredet hatte, waren verschwunden, und an ihre Stelle trat ein verzweifelter Schrei und ein einziger janusköpfiger Menschenkörper, der sich linkisch im Tageslicht wiegte. Sie hielten den Kopf des jeweils anderen in den Händen, als überreichten sie einander ein Geschenk, und vergruben ihr Gesicht in den kalten Achselhöhlen des anderen, sie drückten die Finger in die Zwischenräume der Rippen und klammerten sich an den Knochen fest, als hätten sie Angst zu fallen. Hohlwangig und unternährt waren sie, ein organisches Gebilde, zwei ineinandergefallene Skelette, eingenäht in nur eine Haut, die notdürftig die Ecken und Kanten der beiden mageren Körper bedeckte. Sie schwitzten. Alles war feucht, endgültig, moribund. Wenn sie sich voneinander lösten und ihre Leiber voneinander trennten, war das Zimmer erfüllt vom Geruch nach saurem Schweiß und einem Herrenduft aus bitterem Kraut und Kaffee, und beide für sich allein litten an dem Gefühl: dass der Körper des anderen doch alles wäre, was man noch hatte auf der Welt.

Wohin Frederike ging, wenn sie ohne Abschied die Feuertreppen hinunterstieg, wusste Anton nicht, und nicht, woher sie kam, wenn sie manches Mal erst nach Tagen wieder zurückkehrte. Sehr wach, ruhig, mit hoch erhobenem Kopf und nicht mehr daran gewöhnt, sich berühren zu lassen. Auch wer sie war, blieb ein Rätsel. Noch nicht eine Frage hatte er gestellt, vielleicht weil er das Gefühl hatte, dass es nicht eine einzige Antwort darauf geben würde. Gerne beobachtete er sie, wenn sie abends die alten Bücher seiner Kindheit aus der Apfelsinenkiste hob, sie weit von sich hielt und mit großer Aufmerksamkeit studierte. Es waren dieselben Bücher, die Anton und die anderen Kinder einst im Garten gelesen hatten, wenn ein Unwetter sie im Haus einsperrte, die Kräuterlexika und Anatomieatlanten. Immer noch liebte Anton die Bilder und Skizzen der Körperteile und Organe, die Zeichnungen und Querschnitte, die einen Zauber festhielten, der sonst ungesehen blieb in der Welt, aber die Wörter, die ihn erklärten, blieben ihm fremd und schienen ihm ohne Sinn. Allerorts diese Abstraktionen, die die Dinge verschlüsselten und klein machten. Überhaupt hatte er der Sprache und ihren zahllosen Möglichkeiten zum Missverständnis immer misstraut, ob geschrieben oder gesprochen. Stets war es ihm lieber gewesen, nichts zu sagen. Es war, als wäre er sein Leben lang in das Schweigen dieser Tage hineingewachsen. Als wären alle Blumen und alle stillen Momente des Gartens in ihm aufgegangen und hätten ihn stumm gemacht. Aber wenn er Frederike anblickte, dachte er jetzt oft, er fände eine Sprache wieder. Die schmale Frau beschützte etwas in ihrem Körper, eine Stimme vielleicht, die für ihn sprechen würde, alles sagen und alles wissen, wenn es so weit wäre. Sie schien ihm in den Erfahrungen voraus, als hätte sie mehr Vergangenheit, als wäre sie so viel mehr Dingen auf der Welt begegnet, obwohl doch er auf eine größere Zahl an Jahren zurückblicken konnte. Seitdem sie in der Wohnung war, dachte er anders als zuvor, ertappte sich bei fremden, wirren Gedanken, so als würden die ihren, kaum zu Ende gedacht, freigesetzt und suchten sich einen neuen Kopf, um in ihm zu brüten.

Wie Kinder mit großen Augen lebten sie miteinander, und wie Täubchen mit schiefgelegten Köpfen saßen sie in den Ecken der Zimmer und sahen einander an. Die Glaswürfelwohnung wirkte wie eine Taucherglocke und schnitt sie ab vom Rest der Welt. Nur hin und wieder sah Anton Frederike auf der Terrasse am Geländer stehen und ein bisschen zu lange zum Meer hinüberschauen. Dann zog er sie zurück, zog sie nach drinnen, und gemeinsam schauten sie sich Tierdokumentationen auf alten Videokassetten an, auf einem Fernsehapparat, den das Notstromaggregat speiste, und lernten neue Zärtlichkeiten von den Tieren, die sie später aneinander ausprobierten. Sie übten die Behutsamkeit, mit der die Vögelchen die Maden aus den weichen Lidern und Tränensäcken der Büffel fraßen, die Demutsgesten der Raubtiere, mit denen sie sich unterwarfen, das Gottvertrauen der schlafenden Affen, die sich nachts fest umarmt hielten, und die Blutlust jener Kreaturen, die ihren Opfern die Kehle durchbissen mit nassen Mäulern. Dann spielten sie nackt auf den Teppichen und zwischen den Polstern der riesigen Matratze, stupsten einander mit Händen und Füßen und schliefen ein, wenn sie müde genug waren. Sie waren Muskeln und Makel, weiche Haut und raue Füße, knochige Tänzer, die sich durch die Zimmer spannten mit Körpern so hager, dass ihr eigener Herzschlag sie erzittern ließ. Sie erlebten die sakralen Augenblicke der Liebe und die menschlichen, fast tierischen.

Wenn sie nicht miteinander schliefen oder einander anstarrten, ging Frederike neugierig durch die Wohnung, wie man durch ein fremdes Land wandert auf einer langen Reise. Mit festem Schritt und Händen, die stets bereit waren, etwas zu berühren. Mit einer Sehnsucht, die nur jenen im Gesicht stand, die heimatlos geworden waren. Mit jedem Tag ein Stück weiter als am vorangegangenen. Erst sah sie sich nur um, begnügte sich, hierhin und dahin zu blicken. Später riss sie die Kommoden auf und die Schranktüren, zog die Dinge aus der Dunkelheit der Schubladen und stapelte sie auf dem Holzboden, der unter ihr knarrte. Messingbeschlagene Kisten mit Super-8-Filmen und Fotoalben reihten sich an Schatullen und Kinderschuhe, an Tierknochen und Bernsteinsammlungen. Eine Geige fand sie tief in einem Schrank. Verstaubte Metaxaflaschen, in Seidenpapier gewickelt, hob sie aus den hintersten Winkeln, und aus dem höchsten Regalfach zog sie zusammengeknüllte Stofftaschentücher. Von den Platten der Vitrinen trug sie den Staub in Schichten ab und legte Stück für Stück von Antons Vergangenheit frei, wie man es bei Ausgrabungen tat, als müsse sie von den Dingen, die von seiner Kindheit und Jugend geblieben waren, schließen auf den, der er geworden war. Sie spulte seine Jahre zurück, sie stellte sich die Evolution seines Lebens gegenläufig vor. Für sie war Anton der Mensch, der um das Kind, das er einst gewesen war, herumgewachsen war wie Jahresringe, Schalen, die man aufbrechen konnte und unter denen, mit jedem vergangenen Jahr, ein anderes Gesicht hervorkam, in das man sehen konnte, stets ein neuer Zug um den Mund, der verriet, wer man damals bereits war und wer man noch nicht geworden war. Sie schälte Anton wie eine Zwiebel, löste aus ihm die kleinere Fassung seiner selbst heraus, wie man es mit Matrjoschkapüppchen machte, die alle ineinanderpassten. Lange studierte sie seine Vergangenheit, suchte sie zwischen den Schlangenhäuten seiner Kindheit, suchte den Augenblick, in dem man das stets zu eng geschneiderte Kleid des Kleinseins an den Nagel hängt und das Kindergesicht zu den anderen Faschingsmasken auf den Dachboden räumt. Sie nahm die alten Schuhe zur Hand und bemühte sich, an ihnen abzulesen, wann sie groß genug geworden waren für die Spuren, die man hinterlassen wollte. Sie spürte den Wachstumsschmerzen der Kindheit und den Wachstumsschmerzen der Erwachsenen nach. Man ist immer auch das Kind, das man einst war, dachte Frederike mit einem Blick auf Anton, es wächst ja nur ein großer Mensch darum herum, der dann alt und faltig wird, bis er wieder in sich zusammenfällt. Sie kniete inmitten des Chaos, ließ die Gegenstände mal bedächtig, mal unachtsam und schnell durch die Hände wandern, legte manches Stück auf die Seite, ordnete sie in einem Kreis um sich herum, legte sich die Schühchen auf die Handteller, band Schleifen in die Schnürsenkel und betrachtete sie lange mit dem gleichen Blick, mit dem sie auch ihren Besitzer ansah.

Anton saß derweil nackt vor den großen Fensterflächen auf dem Sofa, hielt sich einen Polster vor die Brust und starrte vorbei an den Volieren, hinunter auf das todkranke Land. Fernab über dem Wasser flogen Zugvögel gen Süden und formten ein dunkles Dach am

Himmel, zusammengehalten von einem magnetischen Zauber. In den letzten Tagen landeten viele von ihnen auf der Terrasse, ruhten sich aus, hockten auf den Steinplatten und den Fenstervorsprüngen, Schwärme von Staren und Mauerseglern, von Tauben und Dohlen, Möwen so müde, als wären sie vom Himmel heruntergefallen. Nur die Schwalben jubelten durch die Luft. Anton schien ihnen durch die Fensterscheiben zuzunicken, ein König mit wirrem Haar als Krone zwischen all den Vögeln, als wäre er bloß ein anderes Kind in einer anderen Welt geworden.

4 | Die Sprache

– Du bist wunderschön.

– …

– Verzeihung. Ich …

– Sag's noch einmal.

– Du bist wunderschön.

– Danke. Ich habe schon lange mit keinem Menschen mehr gesprochen. Manche haben mir zugewinkt, aber niemand hat ein Wort gesagt in den letzten Wochen. Die Kinder weinen, und alle anderen schweigen. Vielleicht ist die Sprache verlorengegangen da draußen.

– Draußen erinnert mich alles an Krieg, obwohl ich den Krieg nicht kenne.

– Was erinnert dich daran, wenn du ihn nicht kennst?

– Mein Großvater hat mir davon erzählt, beim Eiersuchen und Hühnerfüttern, als ich noch ein Kind war. Wenn ich jetzt hinaussehe, sehe ich den Hunger, den ich aus seinen Geschichten kenne. Damals waren die Augen groß vor Hunger, weil man sich unaufhörlich nach etwas umsah, das man essen konnte, und heute, um zu sehen, wie man noch leben könnte. Er sprach viel von den brachliegenden Feldern, den Saatkrähen, die auf den Bäumen verhungerten, den verzweifelten Bauern auf den Äckern, so mager, dass man sie für Vogelscheuchen hielt, den Feldhamstern, die man aus ihren Höhlen zog und erschlug, um ihre winzigen Getreidevorräte nach Hause zu tragen. Er erzählte, dass man in den Steckrübenwintern dieser Hungerjahre nicht starb, sondern Stück für Stück verschwand, und alles umfangen war von der komatösen, unfruchtbaren Stille des Krieges. Es ist leise geworden in unserer Stadt, entsetzlich leise, und die Menschen so dünn. An ihnen erkennt man, dass es zu Ende geht. Den einsamsten aller Planeten hat mein Großvater die Erde genannt, weil hier jeder für sich allein kämpft und jeder für etwas stirbt, für das man so gerne leben würde.

– Das hat dein Großvater gesagt?

– Er war ein großartiger Mann. Er hat den Krieg überlebt, auch im Kopf. Viele brachten nur ihren Körper wieder heim, erzählte er mir, saßen da wie Puppen in den Stuben, mit Verbänden, als wären sie verkleidet, und erkannten ihre Kinder so wenig wie sich selbst im Spiegel. Er aber kam wieder und liebte alles noch mehr als je zuvor. Die Haut war ihm faltig geworden über den Erfahrungen, aber bald wuchsen ihm wieder Lachfalten neben jenen, die ihm die Sorgen eingeschrieben hatten. Er konnte lachen wie kein Zweiter. In seinen letzten Jahren fuhr er gerne Zug, wenn er nicht im Garten saß, weil er es mochte, dass nicht er selbst sich durch das Land bewegen musste, auf seinen alten Beinen, sondern die Landschaft an ihm vorbeilief. Das Abteil war für ihn ein riesiges Wohnzimmer auf Rädern, das durch die Städte und Felder rollte oder die Küste entlang, wenn er weiter weg fuhr. Es gefiel ihm, mit den anderen Fahrgästen am Fenster zu sitzen, so nah beieinander, wie man es sonst nur mit Verwandten und Freunden tut, und mit den fremden Menschen zu plaudern. Stets fiel ihm an ihnen etwas auf, was er lieben könnte. Ihre erstaunlich runden Fingerkuppen, wie sie ihre Zöpfe trugen, wie sie Gelerntes memorierten, wie sie demütig schliefen, lachten und durch die Fenster hinaus oder einander neugierig anschauten, jede Geste und jede Eigenart waren für ihn eine Aufforderung zur Zuneigung, ein Grund zur Zärtlichkeit aus sicherer Entfernung. Er fand, man müsse ein schlechter Mensch sein, wenn man nicht gerne Zug fuhr. Wenn er wieder zu Hause war, erzählte er der Großmutter von seinen Begegnungen und Zugbekanntschaften, als wäre er ein Kind, das im Museum ungeheuerliche Dinge gesehen hatte. Ich glaube, er tat sich immer leicht zu lieben, uns und alle anderen. Er konnte einfach nicht anders. Es war, als sei sein Herz nicht so begrenzt wie das anderer Leute und sein Gesicht immer bereit, zu lachen.

– Ein solches Lachen vermisse ich. Im Krankenhaus, wo ich arbeite, sind viele verbittert. Und oftmals einsam, vor allem die Älteren. Manche sagen, dass wir nun so einsam aus der Welt gehen, wie wir auf sie kommen, und vergessen dabei, dass wir vor der Geburt im Bauch eines Menschen lebten.

– Bist du Ärztin?

– Nein. Eigentlich Offizierin bei der Marine. Ich habe Jahre auf Schiffen verbracht, an den Küsten vor Kriegsgebieten, mit Menschen, die nur in Uniform Mensch sind und ohne unmenschlich. Du hast es selbst gesehen, die meisten von ihnen sind zu stolz, um auf den Tod zu warten, sie legen lieber Hand an sich. Ich helfe jetzt mit anderen Freiwilligen in einer der verbliebenen Gebärkliniken, in der noch immer Menschen geboren und Kinder gepflegt werden. Ich war die Kriege leid, das Chaos und den Schmerz. In das Krankenhaus ging ich, weil ich auf der Straße jemanden sah, der glücklich wirkte, als er aus dem Gebäude kam. Die Mütter wollen nicht glauben, dass man das Schicksal nicht abwenden kann, sie sitzen Tag und Nacht an den Betten ihrer Kinder und wachen darüber, dass ihr Herz nicht aufhört zu schlagen.

– Du kümmerst dich also um Kinder.

– So wie du dich um deine Vögel kümmerst. Sie wachsen, die Neugeborenen. Sie wachsen jeden Tag ein Stück, jeden Tag genau so viel, wie sie es sollten und wie es immer schon gewesen ist. Sie geben einen Dreck auf den Untergang und die verrückt gewordene Zeit. Sie alle wollen große Menschen werden, damit sie bestehen können in der Welt.

– Du schaust also zu, wie kleine Menschen größer werden.

– Und du, wie aus Eiern Vögel schlüpfen. Und fliegen lernen.

– Ich bin Vogelzüchter.

– Ich weiß. Es steht an unserer Tür.

– Richtig.

– Wie stellst du dir den Untergang vor?

– Früher habe ich die Augen aufgeschlagen in der Früh, und meine Träume waren fort, als würde man eine Prise Salz zwischen den Fingern zerreiben. Jetzt träume ich von damals, davon, ein Kind zu sein, das wartet, ich weiß nicht worauf, und irgendwann traurig wird vom Warten.

Jetzt träume ich, dass der Welt und ihren Wesen, allen Menschen und Dingen Flügel wachsen, dem Kleinsten und dem Größten, dass alles mit den Flügeln schlägt, bis sich ein Vogelschwarm in die Lüfte hebt und davonzieht nach Süden ins All hinein und nichts mehr da ist.

– Wenn ich schlafe, sehe ich immer das Gleiche: ein Kind, das man nicht retten kann, ein Kind, das man nicht wiederfindet, ein Kind, das nicht wieder erwacht. Wir proben den Weltuntergang in unseren Nächten. Wir leiden beide an den gleichen uralten Träumen. Aber wer weiß schon, ob die Vorhersagen wahr sind. So viele Prophezeiungen hat die Menschheit schon gefürchtet und dann vergessen.

– Aber diesmal ist es anders. Schau nur auf die Straßen. Die Städte sterben. Das Land ist krank. Das Meer tobt. Die Vögel fliegen fort. Immer weht der Wind. Und schau, wie leise sie alle geworden sind, schau, wie ihnen allen dieselbe Angst in den Knochen sitzt, wie ratlos wir alle am Fenster stehen, als wären wir identisch, als gäbe es keinen Unterschied, ob man dieser oder jene ist.

– Aber wir sind jetzt anders! Mit der Liebe bekommt man sein Schicksal zurück. Wir haben wieder ein *Ich* und ein *Du*, du und ich. Es wird wieder scharf gestellt auf den einen und den anderen in der Masse, man wird herausgehoben und wieder zu etwas Besonderem. Wir sind im Endspiel. Wir sind die Endgegner. In der Liebe ist man endlich wieder jemand. Ich denke an dich, also bist du.

– Über die Liebe weiß ich nichts.

– Zu lieben ist die einzig angemessene Art zu existieren. Wenn man beginnt, einander zu lieben, weiß man nichts darüber, nichts über die Angst, den Mut, die Trauer, die Bedingungslosigkeit, oder man weiß alles und versteht die Liebe doch nicht, weil sie noch unbelastet ist von den Erfahrungen, die ihr folgen. Es beginnt in jenem Moment, in dem man nicht mehr nur Angst umeinander und voreinander hat, aber dem anderen zuliebe eine Angst um sich selbst, die sicherstellt, dass einem nichts geschieht und man ihm nicht verlorengeht. Die Zärtlichkeit wird ein Reflex. Der Mensch ein Narr, der aufs Glück vertraut. Man glaubt, statt nur zu zweifeln. Man wird stark wie ein Baum, und doch wächst eine Zerbrechlichkeit in Kopf und Körper. Man züchtet eine Brüchigkeit, die unsichtbar ist für die Welt, aber in der ein anderer Mensch wüten kann wie ein Ungeheuer, wenn er nicht vorsichtig ist. Aber denk nicht, dass es eine Erlösung ist! Wie man sich immer fürchtet, dass das Herz stehen bleibt. Es passiert etwas Gefährliches in der Liebe, man lässt Wirklichkeit und Mythos aufeinander los. Und trotzdem. Wenn man keine Angst davor hätte, dass etwas zu Ende geht in den durcheinandergebrachten Herzschlägen und Körpern, warum sollte man einander dann lieben? Aber Angst entbindet nicht von Mut. Und deswegen will ich heute wieder mit dir sein. Und morgen auch.

– Du sprichst immer noch zuversichtlich von morgen. Morgen, morgen, morgen. Wenn wir noch ein bisschen mehr Zeit hätten, um älter zu werden, würde ich dich vielleicht besser lieben können.

– Auch wenn man sich morgen wiederbegegnet, ist man älter, aber vielleicht immer noch nicht klug genug füreinander. Und warum sollte man das Morgen nicht ernst nehmen? Das kann ich nicht verstehen. Ich habe so vieles vergessen, aber nicht, wie man von der Zukunft spricht. Es ist niemand da, der fragt, ob man leben will, und niemand, der fragt, ob man sterben will. Genauso wenig, wie man sich aussuchen kann, von wem man geliebt wird. Und selbst wenn man seine Tritte sorgfältig rückwärts in die eigenen Fußspuren setzt, heißt das nicht, dass man dort ankommt, wo man aufgebrochen ist. Wenn mich die Menschen fragen, ob ich die Welt gesehen habe, sage ich ihnen, dass sie nie still genug hält, um gesehen zu werden. Alles bewegt sich unaufhörlich, tauscht Platz, wandelt die Form, wächst heran zum einen und verfällt zum anderen, löst sich ab und löst sich auf, wird groß und wieder klein, dreht sich ohne Unterlass um sich selbst. Den Stillstand gibt es nicht. Man ist nie etwas oder jemand lang genug, um es zu bleiben. Hoffnungen werden Enttäuschungen oder Erfahrungen. Alles verwandelt sich mit den Schritten, die man geht, und mit den Jahren, die man wegbleibt. Auf der weiten Welt ist das Unmögliche immer nur das Unversuchte, und man glaubt daran, bis das Unmögliche die Versuche geworden sind, an denen man gescheitert ist. Ich bin viel gereist in meinem Leben, immer den Kriegen hinterher, immer an den Küsten entlang. Hast du gewusst, dass das Herz eines Blauwals so groß ist wie ein Kleinwagen? Viele Fische habe ich gesehen, sie beobachtet wie du deine Vögel. Mein Schiff ist dein Hochhaus gewesen. Was für dich die Stadt ist, war für mich die See. Das Meer mit seinen Stürmen und dem Sehnen, das es einem ins Herz pflanzt und das stets nur fortlockt, hat mich geängstigt. Es ist hungrig, jagt den mit Matrosen vollgestopften Schiffsbäuchen hinterher. Der Ozean ist ein Seemannsgrab, ein Unterwasserfriedhof, über den die Quallen ihre Schirme ausbreiten, wenn die Sonne ins Wasser fällt. Nachts kann man nicht unterscheiden, ob man zu Boden oder in den Himmel schaut. Das dunkle Wasser wird zum Firmament, einem Sternenhimmel gleich, über den fluoreszierende Fische ziehen, auf dem Seesterne weit unten aufgehen und verschwinden, Tintenfische wie Wunderlampen glimmen. Die See ist eine Zusammenballung von Materie, eine Ursuppe der Bilder, ein Kosmos, in dem sich der Mensch unverbindlich über die Unendlichkeit informiert. Die Weite schleift alle Eitelkeiten glatt. Man verpuppt sich im Kokon eines Bootes. Manche leiden während der langen Fahrten an der Erinnerung an ihre Heimat wie an einer Erbkrankheit, die in Schüben über sie herfällt und wieder verschwindet, wenn man nur lange genug schweigt. Irgendwann ist der Schmerz aufgezehrt. Ich habe mich stets daran gehalten, was mir einmal ein alter Matrose gesagt hat. Er hat gesagt: Merk dir, wenn dich da draußen jemand fragt, was du bist, musst du immer antworten: frei. Und ich war tatsächlich frei. Was hab ich geschaut. Wie viel Schnaps habe ich aus Teetassen getrunken. Und wohin bin ich nicht überall gekommen. Auf den Landkarten schrieben sie früher über unbekannte Gebiete, in die man sich nicht vorwagen sollte: *Hic sunt Leones*, und auf den Seekarten: *Hic sunt Dracones.* Heute reist man überallhin, und es gibt keine Löwen mehr und keine Drachen. Sie sind alle verschwunden, wie die weißen Flecken, die sie bewohnt haben. Heute muss man dem

Verschwinden hinterherreisen. Die Kompassnadeln spielen Roulette und weisen einem mal den einen und mal den anderen Weg, als machte es keinen Unterschied, welchen man ginge. Die Sehnsucht wird Prothese, Krückstock und Wanderstab, an dem man sich aufrichtet. Tag für Tag vermutet man hinter jeder geschlossenen Tür die Erfüllung der eigenen Unersättlichkeit, und darum fährt man immer weiter und weiter. Das Fremdsein habe ich nicht auf Reisen gelernt, sondern aus den Gesichtern der anderen abgelesen, wenn ich wiedergekommen bin. Manchmal habe ich mehr gesehen, als ich wollte. Wie die aufgeweichte Haut der angespülten Flüchtlinge an Land trocknet oder wie man das Meer in ihrem Brustkorb rauschen hört, wenn man das Ohr anlegt, um zu prüfen, ob sie noch atmen. Wie die Knochen brechen durch die Muskelkrämpfe während der Elektroschocks. Wie leicht es einem fällt zu töten, und wie schwer einem das Herz danach wird. Wie lächerlich sanft man die toten Soldaten niederlegt. Wie man in der Wüste die Leichen mit Sand wäscht. Wie fremde Menschen dich hassen. Wie zornige Frauen Bruchstücke deiner Sprache lernen, nur damit du sie verstehst, wenn sie dich beschimpfen, oder ein Kind mit niedergeschlagenen Augen fragt, was das deutsche Wort für Traurigkeit sei. Wie ein junges Mädchen mir das Foto eines Massengrabes vor das Gesicht hielt und auf drei Totenschädel und die dazugehörigen Gebeine zeigte und sagte: Das ist das einzige Familienfoto, das ich habe, das ist meine Mutter, das ist mein Bruder, das ist meine Schwester. Wie die beinlosen Bettler auf ihren Skateboards sitzen und sich mit Händen, die in Sandalen stecken, über den Asphalt tauchen und jene verfolgen, die ihnen keine Münzen zuwerfen. Wie sie mir immer nachgesehen haben, weil ich nicht bleiben musste an diesem Ort.

– Als Kinder haben wir die Sommer immer draußen verbracht. In mir ist damals ein unbescheidenes Gefühl entstanden, ein Gefühl, als hätte man die Natur selbst erschaffen, weil man so heimisch war in ihr. Als hätte man sie sich wie ein Kleid auf den Leib geschneidert. Alles war vertraut. Nie war man verloren, ganz anders als in der Stadt. In der Stadt ist man immer fremd.

– Warum bist du dann aus dem Garten fortgegangen?

– Das erzähle ich dir ein andermal.

– Wolltest du nie weiter in die Welt hinaus? Weit weg, so wie ich.

– Nein, wozu? Die Welt ist doch immer da. Du brauchst sie auch nicht zu suchen, du kannst dich höchstens in ihr verlieren.

– In den Jahren, in denen ich noch nicht zur See fuhr, wohnte ich in der Stadt, zusammen mit einem großen Mann in einer kleinen Wohnung in einem Hinterhof. Da habe ich das erste Mal geliebt, von zu Hause fort, in diesen schmutzigen Zimmerchen auf unbezogenen Matratzen, zwischen Türmen von Geschirr, verklebt von Essensresten, und alten Koffern, unter deren Deckeln jedes Kleid knittrig und feucht wurde. In den Ecken Haare und Staub, im gelben Keramikwaschbecken die kalkweißen Zahnpastaflecken und der Kaffeesud, aus dem wir uns eine großartige Zukunft herauslasen. Es war unser Glück, mein erstes mit einem Mann. Wir waren junge

Leute, fast noch Kinder, hatten böse Träume und keine Pläne. Es gab nur uns und unsere Gedanken, aus denen wir uns die passenden Geschichten zusammenreimten. Wir waren rücksichtslos, auch gegeneinander. Wir lebten so gut wie ohne Geld, mit Waschpulver statt Seife und alter Margarine anstelle von Haargel. Wir badeten im Meer, wenn wir Wasser und Strom nicht bezahlen konnten. Wir aßen Obst mit Dellen, das wir hinter den Supermärkten in Kisten fanden, und Gemüse, das wir aus den Schrebergärten am Stadtrand stahlen. Alte Menschen saßen auf Plastikstühlen und blickten uns lange hinterher, wenn wir es aus ihrem Garten trugen, als würden sie uns nicht sehen. Manchmal versuchten wir, Fische zu fangen, aber meist fanden wir das Warten zu anstrengend und schwammen nur. Überall in der Wohnung lagen die Würfel, mit denen wir hinter zugezogenen Vorhängen Stunde um Stunde spielten, und die Zeitungen, an deren Rändern wir die Ergebnisse notierten. Nachts gruben wir die Blumen aus fremden Balkontrögen aus und topften sie zu Hause wieder ein, dann haben wir uns vorgestellt, wir lägen im Dschungel, Hand in Hand, über uns der Hanfrauch und die Dolden der Engelstrompeten, die sich zu uns herunterbeugten. Die sanften Qualen der Psychonauten und Morphinisten. Die halb erleuchtete, schwankende Stadt irgendwo weit hinter den Fenstern, die holprigen Bilder einer Laterna Magica. Giftig weißes Kokain, schnurgerade auf den Fensterbänken. In der Ferne ein schwarzes Meer. Wir tauchten Seerosen in roten Wein und aßen sie, weil uns jemand erzählt hatte, in Ägypten berauschten sich die

Menschen daran. Alles roch nach Blüten- und Körpersäften, und wir bildeten uns ein, am Anfang einer Reihe großartiger Dinge zu stehen. Wir waren so gierig auf alles. Erschlagen und gelähmt von all unseren Wünschen. Die geklauten Topfpflanzen haben mich immer getröstet. Sie sind immer weiter gewachsen. Auf sie konnte ich mich verlassen. Sie habe ich vermisst später auf See, im Krieg.

– Ich mag es, wenn du abends nackt in meinen Büchern blätterst und dann aussiehst, als könnte man dir Gedichte ablesen von der Haut.

– Was das wohl für Gedichte wären …

– Vermutlich über den Tod. Als ich ein Kind war, hat meine Großmutter oft so getan, als wäre sie tot. Sie saß in einem großen Fauteuil in der Stube, in dem sie beinahe verschwand, und sah mir beim Spielen zu, nickte von Zeit zu Zeit und winkte mir mit den weißen Stoffhandschuhen zu, wenn ich aufsah. Irgendwann ließ sie den Kopf jäh auf die Seite fallen und hielt den Atem an. Sie hatte die Augen geschlossen und wartete, bis ich Angst bekam. Zuerst musste ich lachen. Ich rief Oma, Oma, wach auf. Wenn sie sich nicht rührte, kletterte ich auf ihren Schoß und rüttelte sie, zerrte an ihren Ärmeln und an den Halsketten, zog ihr die zusammengekniffenen Lider auseinander, die wieder zufielen, sobald ich sie losließ. Wenn ich zu weinen begann, weil sie sich zu lange totgestellt hatte, hat sie die Augen aufgerissen, mich nah an sich herangezogen, hat mich geküsst und gekitzelt, bis wir beide lachten und glücklich waren, dass wir einander so sehr liebten.

– Siehst du, das sind die Angst und die Liebe, von denen ich gesprochen habe.

– Mir fehlt die Vergangenheit, weißt du?

– Mir fehlt die Zukunft.

– Mir nicht. Ich habe mich nie auf sie verstanden. Aber wenigstens weiß ich jetzt, wer du bist.

– Tatsächlich? Man hat doch für jeden eine andere Geschichte von sich selbst. Manches Mal begegne ich Menschen und erinnere mich: Früher wollte ich so sein wie sie, und dann habe ich vergessen, so zu werden, und bin nun bloß das, was die Jahre aus mir gemacht haben. Über die Vergangenheit mag ich nicht mehr reden, die sieht man ohnehin jedem an. Immer hat mich interessiert, was noch kommen wird, deshalb hätte ich eine Erfahrung gern gemacht: ein Ei zu sein, aus dem ein neuer Mensch schlüpft.

– Machst du mir ein Kind?

– Dafür haben wir keine Zeit. Die Welt geht unter, bevor du es gebären würdest. Es wäre wie einer der Menschen hinter Glas, in Marmeladengläsern, die, die Großmutter nicht zur Welt gebracht hat damals.

– Es tut mir leid.

Ja, mir auch.

– Wie heißt du eigentlich?

Anton fuhr aus dem Schlaf, so jäh, dass die Frau neben ihm erschrocken die Augen aufschlug. Sein Herz schlug wild und schnell vom Traum, und die Dunkelheit verwirrte ihn. Hastig griff er nach der Schulter der aus dem Schlaf Gerissenen.

– Wie heißt du eigentlich?, fragte er.

– Frederike, murmelte sie.

– Anton, sagte er, ich bin Anton.

5 | Das Gebärhaus

Vor der Stadt schäumte das Meer schwer gegen die Küsten, und durch die Straßen stob immer öfter ein Regen leicht wie Gas. Die Sonne schien nur noch selten. Das Krankenhaus war ein Ort geworden, an dem sich in den vergangenen Monaten das klinische Weiß die Härte abgestoßen hatte und der mehr und mehr wie ein riesiges Wohnhaus anmutete. Weich und schmutzig die Farben, mürbe der Stoff der Bettlaken, heimelig der Geruch, der aus ihm stieg. Fortwährend ging der Wind und riss an den Jalousien. Möwen kreisten über dem Gebäude, das nah genug am Wasser lag, dass die Luft an manchen Tagen nach Salz schmeckte. Auf der Zufahrtsrampe saßen Menschen im Gespräch, die ihr Gesicht in den feinen Regen hielten. Die Schiebetüren am Eingang waren mit großen Steinen auseinandergespreizt. Die Ruhe, die die Kranken vormals umgeben hatte wie eine Bandage und die sich dämpfend auf die Schmerzensschreie und Seufzer gelegt hatte, war dem vielstimmigen Kanon einer gewaltigen Familie gewichen, die in den langen Gängen lebte. Viele hatten sich Lager errichtet, um die rollenden Betten waren Zeltstädte entstanden, manche hatten neben Freunden und Verwandten auch ihre Haustiere mitgebracht. Ihr Hab und Gut trugen sie zu Haufen zusammen, stapelten es in den Ecken oder arrangierten es zu einer Art Altar, der an zu Hause erinnerte. Dann standen Fußballpokale neben Engelstatuen aus Kristall, und Kinderzeichnungen hingen an den dahinterliegenden Wänden. Hauskatzen strichen durch dieses Lazarett, turnten auf Infusionsständern, fingen Staubmäuse, die ihnen zwischen den Krallen zerfielen, legten sich zu den Kindern in die Betten und schliefen wie tot. Ihre Schnurrbarthaare vibrierten im Schlaf, als nähmen sie unbekannte Erschütterungen vorweg. Man wärmte sich die Hände an den Tieren und das Herz und war doch misstrauisch.

Jene, die bloß zu Besuch kamen, liefen mit raschen Schritten die Korridore hinauf und hinunter und grüßten links und rechts auf ihrem Weg, als wären sie auf der Durchreise. Selten sah man einen Arzt, die meisten Angestellten hatten das Krankenhaus längst verlassen, die meisten sogar die Stadt. Freiwillige Helfer versuchten die Kontrolle über die Verhältnisse zu behalten, trugen Medikamente, Decken und Nahrungsmittel durchs Haus und ließen die gesunden Kinder in den Rollstühlen durch die Gänge flitzen. Wäsche hing von den Balkonen, und mit jeder heftigen Böe fielen bunte Socken zu Boden, wie Regen vorbei an den Fenstern der Krankenzimmer. An den Scheiben klebten die Fingerabdrücke, die von den Nächten zurückblieben, die Kreise, die der Atem hinterließ, der fettige Glanz der Haut, wenn man den Kopf müde an das Glas hatte sinken lassen.

In der Küche war es heiß und feucht. In schwarzen Bottichen kochten Operationsbesteck und Sauerkraut nebeneinander, die Kanülen schwammen in brodelndem Wasser, und der Früchtetee schlug sich als Dampf an den verfliesten Wänden nieder, während Männer mit Geburtszangen die heißen Stoffwindeln aus den großen Töpfen zogen und sie in den ehemaligen Büros der Direktion auf Leinen zum Trocknen hängten. Alle paar Wochen wechselte man die Räume, damit sie bei der tropischen Luftfeuchtigkeit keinen Schimmel ansetzten, und verwandelte mal dieses und mal jenes Zimmer in eine Wäscherei. Auf Listen stand vermerkt, was man entnahm und verbrauchte, welche Medikamente aus privaten Beständen nachgefüllt werden konnten. Man malte mit Bleistift Statistiken an die Wände. Seit die Schwangerschaftstests ausgegangen waren, griff man wieder auf alte Hausmittel zurück und spritzte den Kröten und Fröschen Urin in die Lymphsäcke, um zu sehen, ob sie innerhalb der folgenden vierundzwanzig Stunden fruchtbar würden und Laich absetzten. Nicht alles war kaputt, nicht alles funktionierte. Man suchte unaufhörlich nach Alternativen, sah in jedem Ding eine mögliche Lösung zu einem unmöglichen Problem, widmete Funktionen um und war sich nie zu schade, die eigenartigsten Dinge auszuprobieren, selbst wenn die Chancen gering waren, dass sie halfen. Mittlerweile kamen beinahe ausschließlich Schwangere ins Krankenhaus. Gerüchte über diesen Ort hatten sich in der Stadt und über sie hinaus verbreitet, und so kamen immer mehr. Man half ihnen, so gut man konnte. In kürzester Zeit war das Krankenhaus zu einem Gebärhaus geworden. Eine wundersame Gelassenheit hielt seine Bewohner in den Armen und ließ sie die Tage so selbstverständlich aneinanderreihen, dass ihnen selbst dieses Leben erst vertraut und dann zur Gewohnheit wurde.

Frederike stand in einer Küchenschürze im ersten Stock des Krankenhauses und beobachtete den Lauf der Dinge und die Frauen, die Teil davon waren. In kleinen Schicksalsgemeinschaften kamen sie an die Pforten der Klinik oder stahlen sich mit blassen Gesichtern und nervösen Blicken allein ins Gebäude. Mit schweren Bäuchen standen sie dann in den Türen und warteten, dass man sie bemerkte und ihnen heraushalf aus ihrem Schicksal. Die erste Frau, die Frederike über die letzten Wochen ihrer Schwangerschaft begleitete, war Marta, eine große, ältere Frau mit hoher Stirn und Händen so breit wie jene, die Dürer betend gemalt hatte. Ihren Mann hatte sie im Chaos der Stadt verloren. Vom ersten Moment an fühlten sich die beiden Frauen verbunden. Frederike sah sie und die Menschen im Krankenhaus mit der gleichen Liebe und jenem Entzücken an, mit dem man auch fremde Kinder beobachtete, und das, obwohl sie alle längst groß und schuldig waren. Seit sie keine Uniform mehr trug, hatte sie erstmals in ihrem Leben das Gefühl, sie könne jemand anderen tatsächlich beschützen. Weder wusste sie wie noch warum, nur fühlte sie die Notwendigkeit.

Noch nie hatte sie den Körper einer Schwangeren auch nur berührt, nie eine Geburt gesehen. Unter Frederikes aufmerksamen Blicken wuchs Martas Leib lautlos mit den Tagen und füllte sich mit Fleisch, der Kette der Wirbelsäule und dem Sonnensystem der Organe. Jetzt legten sie und Marta die Hände auf deren Bauchdecke, als könnten sie mit ihnen hören, was vorginge unter der

Haut. Frederike wusste von ihr, wie erleichtert sie zuerst gewesen war, dass sich die Leere in ihr so sorgfältig mit einem Kind ausfüllen ließ, und wie sie später die Furcht befallen hatte, in ihr könnte sich eine Seele formen, die zu groß wäre für ihren Körper. Nun wuchs eine Kreatur unter ihrem Herzen, ein durchsichtiger Walfisch, der Fruchtwasser trank und es wieder ausschied. Beide Frauen sahen zu, wie sich Martas Leib dehnte und dehnte, wie er unaufhörlich wuchs und wuchs und sich immer mehr jener feinen und hellen Streifen auf ihrer Haut abzeichneten. Ruhig war Marta nur, wenn Frederike bei ihr war, ließ diese sie alleine, fürchtete sie, verrückt zu werden. Die anderen Frauen, die wie sie auf die Niederkunft warteten, während der Rest der Menschen draußen das Gleiche mit dem Tod tat, mied sie. Neidische Blicke warf sie ihnen zu, wenn Angehörige bei ihnen waren und ihnen tröstend über die Schulter strichen. Ihren eigenen Mann hatte sie das letzte Mal in einem Tumult vor einer Apotheke gesehen, in dem er mit vielen anderen um Medikamente gekämpft hatte, von denen er dachte, sie würden sie brauchen, wenn das Kind erst da wäre. Weggeschickt hatte er sie mit Blicken und Armen, die sich nur kurz aus der Keilerei gelöst und die Straße hinunter zum Hafen gedeutet hatten. Als sie am Kai angekommen war, musste sie sich überwinden, den Weg, den sie gekommen war, nicht einfach weiterzugehen, sich nicht von einem der Menschenströme fortreißen zu lassen, die schwer bepackt in alle Richtungen drängten. Lange war sie am Rand gestanden, groß und besorgt, und hatte aufs Meer gesehen, während ihr langsam der Verwesungsgeruch in die Nase gestiegen war. Er war nicht mehr gekommen. Sosehr sie auch wartete und suchte, sie fanden einander nicht wieder. So stand sie eines Tages vor dem Gebärhaus.

Nun trug Marta ihren kugelrunden Bauch vor sich her wie einen Planeten, sie wurde massig wie ein Stein. Eine Schwerkraft begann in ihren Eingeweiden zu wirken, die sie unbeholfen und befangen machte. Auf den Treppen lief Frederike mit ausgebreiteten Armen hinter ihr her, aus Angst, sie würde fallen und in tausend Teile zerbrechen. Manches Mal brachte sie der schwangeren Frau Eier von der Dachterrasse mit, die sie in der Küche für einige Minuten in einen der Bottiche fallen ließ und ihr dann geschält und noch heiß in die Hand drückte. Es dauerte nicht lange, und Marta begann zu erzählen: dass sie weder Ruhe noch Zuflucht mehr fände in ihrem eigenen Körper, der einen zerbrechlichen Menschen einsargte, als könnte er die Welt ewig ausschließen, dass sie Platzangst habe unter ihrer eigenen Haut, dass stets ein Herz neben dem ihren pochte, auf das sie keinen Einfluss hatte. Dass ein Hirn knospte in ihrem Bauch, und Marta war, als dächte es bereits an all jene unsäglichen Dinge, die sie nie verstanden hatte in ihrem Leben. Sie war einsam, wenn Frederike nach Hause ging oder sich anderen Patientinnen zuwandte. Sie ließ sich von niemandem sonst trösten und beruhigen, sprach kaum und wenn, nur mit sich selbst. Es war ihr unmöglich zu schlafen, während in ihr ein Wesen wachte. In der Dunkelheit, wenn sie neben den anderen Frauen im Bett lag, fürchtete sie, das Kind würde sie von innen auffressen, und hörte besorgt und argwöhnisch in sich hinein, ob nicht Kaugeräusche aus ihrem Unterleib drängen. Sie spürte mit den Tagen, wie der Fötus verknöcherte und hart wurde in ihrem Leib, wie Lider seine Augäpfel überwucherten, ihm ein Gesicht wuchs, das schlief oder Grimassen schnitt. Sie wachte nachts auf, weil sie zu fühlen glaubte, wie er in ihrem Körper die Augen aufschlug, und fand lange keinen Schlaf, während die anderen Frauen leise atmend in den Laken lagen. Sie hegte Vermutungen und Befürchtungen, und die erfahrenen Mütter, die schon mehrere Kinder geboren hatten, versicherten ihr, dass nichts davon wahr wäre. Aber die Herzschläge schienen ihr nachts wie Fehlschläge.

Wie alle, die nicht schlafen konnten im Krankenhaus, stand sie dann am Fenster und schaute in diesen letzten späten Sommer hinein. Der Mond war bleich und furchterregend, die Nächte kalt. Grölende Gewitter erhoben sich aus dem Meer und trugen nachts einen schweren Regen aufs Land. Sie wiegte ihren Bauch, bis das Kind in ihm ruhig wurde, und schlief erst ein, wenn seine Lebenszeichen träge und träumerisch geworden waren. Im Finsteren starrte Marta hinaus, und morgens im Licht klebten an den Fensterscheiben die Fingerabdrücke dicht und dick, als hätte sie in der Nacht einen Teil der Fingerspitzen darauf zurückgelassen. Tagsüber lief sie hinter den anderen her auf die Straße hinunter und setzte sich im stetig fallenden Regen auf eine Mauer, an der die Menschen, zu Völkerwanderungen zusammengeschlossen, mit Einkaufswagen und Rucksäcken vorüberzogen. Ihr Mann war nicht unter den Flüchtenden. Beinahe schämte sie sich, wenn sie sah, wie mager sie alle aus der

Stadt marschierten, als erhofften sie sich anderswo Rettung, während sie selbst immer dicker wurde. Es war, als hätte jeder kaum mehr ein Leben in sich, sie hingegen trug zwei.

Martas Mann erreichte die Klinik wenige Tage vor ihrer Niederkunft und fand seine Frau halb verrückt im zweiten Stockwerk des Krankenhauses neben einer Rothaarigen und zwischen vielen Katzen, die auf ihrem Bauch saßen wie ein Vorzeichen.

Nie zuvor hatte Frederike etwas Derartiges gesehen wie diese erste Geburt, die sie mit einer anderen Freiwilligen und einem Tierarzt begleitete und dabei nicht wusste, wohin mit ihren Händen und ihren beruhigenden Worten. So vertraut ihr das Ende des Lebens war, so unbekannt war ihr sein Beginn. Sie hatte Angst um Marta. Medikamente, die Erleichterung verschaffen würden, gab es nicht. Der Schmerz drang aus dem porösen Körper, drang aus den Dehnungsstreifen der Haut wie ein fremder Ton, der den Leib befiel, schüttelte und lähmte. Alles knickte über ihm ein. Der Atem blies ihn aus und sog ihn sogleich wieder ein. In den kurzen Atempausen schnäuzte Marta sich in die bloße Hand, wischte sich die Finger an der Matratze ab, auf der sie lag, und nahm ab und zu einen Zug von einer Zigarette, die man ihr auf Verlangen hinhielt. Frederike drückte ihr den Arm oder die schmutzigen Finger. Martas Mann sah betreten zur Seite, als würde er sich die Augen verderben an so viel Hingabe. Sie aber presste sich die Hände vor den Mund und schrie hinein in die Zwischenräume ihrer Finger, als spielte sie ein Instrument. Sie schwitzte und fror abwechselnd. Die Wehen zogen sich über viele Stunden, währenddessen die kleine Gruppe zusammengewürfelter Menschen am Körper von Marta wartete wie an einem Monument. Sie warteten auf den Augenblick, in dem dieser Körper nachgeben würde, das Klick, auf die Musik des Zerbrechens, die alle Entbindungen begleitete. Es dauerte lange. Stück für Stück ging ihr Unterleib auf und wurde ein Portal. Wie ihre Vagina weit aufriss. Wie sich der Nabel ausstülpte. Wie die Schamlippen blau anliefen. Wie neben dem Mutterkuchen auch Exkremente auf das Bett liefen. Wie man das Kind endlich von der Nabelschnur losschnitt. Wie ihr der Schlauch aus Haut noch lange aus dem Geschlecht hing.

Als Marta den Säugling schließlich in den Armen hielt, wurde der Bauch ein Haus, das, nutzlos geworden, in sich zusammenfiel, nachdem sein Bewohner es verlassen hatte. Nachdenklich sahen sie alle das Geschöpf an, das in dieser Frau herangewachsen war, besahen aufmerksam die Formen der Gliedmaßen und die Farbe der Oberfläche und lächelten. Der runde Schädel des Kindes erinnerte an eine Weltkugel. Entlang den Fontanellen kerbten Krater die Schädeldecke, aber das Gesicht des Neugeborenen erschien ihnen wie eine Schneelandschaft, in der noch nichts und niemand Spuren hinterlassen hatte. Die Haut war weiß überzogen mit Fruchtschmiere aus dem Mutterleib, und im Kopf standen ihm die Augen groß und milchig wie Gestirne.

In Martas Körper ließ die Spannung nach. Das weiche Fleisch zog sich zurück. Die Haut warf Falten. Im

Geburtskanal wuchs ein schwarzes Loch. Die Platzangst der letzten Monate wich einer jähen Einsamkeit, die Marta selbst überraschte. Es gab erst die rauschende Leere der Erlösung, wenn man frei wird, und dann jene, die sich einstellt, wenn man eine Welt verliert. Ihr Körper fühlte sich kalt an vom Schmerz, aber warm unter den Atemzügen des Kindes. Es befiel sie jene Zärtlichkeit, die hilflos macht vor Glück. Oft schon hatte Frederike beobachtet, dass sich Mütter und Väter löwenhaft wie Schöpfer über das kleine Leben erhoben, rabiat vor Freude und mit riesengroßen, vor Anstrengung roten Gesichtern. Götter waren sie. Wie sich die Frauen sogleich aufrichteten, um sich schützend über ihr Kind zu beugen, den Rücken als Schirm über es aufspannend, rührte sie. Wie ein majestätisches Schweigen den Raum ausfüllte. Wie die Väter immer noch eine Zigarette nach der anderen rauchten und auch die Helfer zur Beruhigung einen Zug nahmen, wie sie dann jauchzten und das Gemisch soffen, das eine alte Frau in einer Badewanne im Keller gebraut hatte, da sie fand, man könne in einem Haus kein Leben auf die Welt bringen, ohne sich vor Freude um alle Sinne zu trinken. Ein scharfes Gebräu war es, das das Zahnfleisch bis auf die Kieferknochen hinab zu schmelzen schien und das man den Gebärenden gegen den Schmerz auf die Lippen tupfte. Marta und Frederike nahmen einen kräftigen Schluck, bevor die eine einschlief und die andere das Krankenhaus verließ und mit zitternden Beinen die Feuerleiter des Hochhauses hinaufstieg, wo Anton schon ungeduldig auf sie wartete.

Martas Kind war das erste, das Frederike je im Arm gehalten hatte. Im Krankenhaus hatte sie gelernt, was der Mensch sich von seinem eigenen Nachkommen versprach: nichts als Hoffnung. Jeder sah sie an, die verschlafenen Säuglinge und die müden Mütter mit dicken Lidern, als wäre das Kind an sich das schönste aller Schauspiele, und vergaß für Minuten alles. Was war Schönheit? Was war Unschuld? Die Antwort war immer: das Kind. Die Neugeborenen rochen erst nach Zuckerwasser und Blut, später nach Pistazien und Muttermilch. Die Katzen liefen hinter den Müttern und ihrer süßen Milch her und saßen im Reigen miauend um die Stillenden, strichen ihnen um die Beine und leckten sich hungrig die Mäuler. Es war ein angenehmes Bild. Und doch gab es immer noch die große Phantasie des unausweichlichen Unglücks und das leibhaftige Unglück selbst, den großen und den kleinen Tod. Am furchtbarsten waren die Totgeburten. Frederike graute es so, dass sie sich in einer Ecke übergab, als sie das erste Mal Zeuge davon wurde. Wie man den Föten, wenn sie sich nicht auf natürlichem Weg aus dem Mutterleib pressen ließen und sich ihr Kopf im Becken der Frauen verkeilte, den Schädel wie vor hundert Jahren erst durchbohren und dann zerbrechen musste und ihre Reste dann mit der Geburtszange herauszog. Wie die, die in einem Stück aus dem Bauch geholt wurden, wie stumme Püppchen auf einem Handtuch lagen und sich nicht rührten. Es gab keinen Trost. Niemand getraute sich auch nur ein Wort zu sagen. Jene, die tot gebaren, waren verstört, versehrt, selbst tödlich verwundet, blickten fassungslos auf fremde Kinder oder mit geschlossenen Augen zum Fenster hinaus. Warm waren die Kleinen vom heißen Inneren der Frauen, aber eiskalt unter der Haut, kaum waren sie auf der Welt. Dann wiegten die Mütter die schwarzblauen Leiber, bis man sie ihnen aus der Hand nahm und aus dem Raum trug. Dann weinten die Männer nebenan in ihren Zimmern vor Gram und waren voll von einer Verzweiflung, die man nie mehr würde rückgängig machen können. Dann kam die Nacht, und alle schliefen aneinandergedrängt in den Betten, den Ecken, den Korridoren, an jenem Ort, an dem sie erschöpft zu Boden fielen und sie die Traurigkeit übermannte.

An manchen Tagen schienen Frederike die Krankenhausflure weite Felder voll mit Körpern, Kindern, Liebespaaren und Familien, die sich wie eine Schale um ihre Liebsten krümmten und doch niemanden beschützen konnten. Dass man einander auch in der Liebe nicht vor Tod, Krankheit und Unglück bewahren konnte. Dass es für den Menschen nie gut endete. So unruhig wurde Frederike an diesen Tagen, dass sie alles stehen und liegen ließ, noch in ihrer Schürze die Gänge hinuntereilte und aus dem Gebäude stürzte, um nach Hause zu laufen und Anton Winter mit ihren blassen dünnen Armen so fest zu halten, dass er sich erschreckte. Und doch war es ihr der schönste Ort, der beste Ort der Stadt. Alles lebte. Alles wuchs. Niemand gab auf. Jeder wollte retten und schützen, was ihm am Herzen lag. Ein Mal sah Frederike eine blonde, schöne Frau, die im selten gewordenen Sonnenschein an der Türe zur Terrasse am Boden sitzend ihr Kind stillte und auf deren Brust, angezogen von der süßen Milch, ein Schmetterling saß und träge mit den Flügeln schlug. Selbst der Himmel hinter ihr war ausnahmsweise blau. Das war es, das Glück, dachte sie. Genau das. Und unwillkürlich griff sie sich an den Bauch, unsicher, ob er hungrig war oder bloß leer.

Hatte Frederike ihm erst ihren Körper förmlich aufgedrängt, verstand Anton ihn nun längst als etwas, das ihm aus Gewohnheit verfügbar war. Kaum waren die anfängliche Schüchternheit und die Scheu, die Neuigkeit des Körpers überwunden, begann er sie anzufassen und Anspruch auf ihren Leib zu erheben, hielt und streichelte sie, zupfte an ihr, begann sie als eine Erweiterung seiner selbst zu verstehen, um die man nicht fragen oder bitten musste. Auch bemerkte er eine Art Ungehaltenheit an sich, wenn sie nicht da war, als stünde ihre Anwesenheit ihm zu. Er vermisste sie erst zärtlich, dann zornig. Eine Bedürftigkeit umgab ihn, die Frederike gleichermaßen rührte und heimlich mit Ekel erfüllte. Wurden ihr seine Zudringlichkeiten zu viel, verließ sie den Raum und sah ihn dabei so tadelnd an, dass er sich für Stunden nicht getraute, sich ihr zu nähern, und litt wie ein Hund.

Wenn sich Frederike im Gebarhaus aufhielt, zog Anton nun manchmal durch die Stadt. Die Vögel genügten ihm nicht mehr, das Fernglas nahm er nur noch zur Hand, um die Straßen zu beobachten und endlich jenen Weg zu entdecken, der sie fort- und wieder zu ihm zurückführte. Etwas zu sehen, ohne es berühren zu können, empfand er plötzlich als sinnlos. Er, der sein Leben lang nur geschaut hatte, war das Schauen leid geworden. Wie im Fieberwahn verbrachte, ertrug, erlitt er die Tage ihrer Abwesenheit, gequält von einer inneren Stimme, die ihm sagte, er würde sie nie wiedersehen.

Mit jedem Schritt bereitete er sich auf ihre Rückkehr vor. Er wanderte umher, ohne Ruhe, ohne Rast. Hatte er die Stadt vor wenigen Wochen noch als neu und fremd empfunden, erschien sie ihm nun schon wieder vertraut. Die Verwüstungen und Gewalttätigkeiten der letzten Monate hatten aufgehört, und in den geborstenen Mauern wucherte bereits erstes Moos, das die Ritzen und Bruchlinien verschloss und mit winzig kleinen Wurzeln vernähte.

Die Hunde hatten ihren Platz gefunden und die Ruinen eingenommen, spielten auf den Treppenstufen der Hauseingänge und knurrten den Vorbeilaufenden nach, wenn sie ihnen allzu nahe kamen. Ein Schwein folgte ihm einige Meter die Straße hinunter und zeigte unverdrossenes Interesse an seinen ledernen Schuhbändern. Der Hafen war leer und gesäubert, als wäre niemals etwas geschehen. Nur eine tote Katze trieb im Wasser und nickte mit jeder Welle, die über sie schwappte. In einer Gasse nicht weit von der Mole entdeckte er ein Geschäft, das ihm noch nie zuvor aufgefallen war und in dem der Efeu über die gesprungenen Fensterscheiben kroch. Noch nie hatte Anton Winter ein Blumengeschäft betreten, Blumen kannte er nur aus dem Garten. Er hatte es sich anders vorgestellt. In dem kleinen Innenraum glichen die roten Blüten der Schnittblumen, die vertrocknet auf den Linoleumboden geschneit waren, Frauenfingernägeln, die, von nervösen Händen abgefallen, an eine Katastrophe gemahnten. Kahle Stängel standen dürr wie Knochen in den kniehohen Vasen. Der Schimmel blühte in den Ecken, und an den Wänden lief das Wasser herab. Trauerkränze, die lange niemand abgeholt hatte, lehnten an der Holzvertäfelung. Innerhalb von Sekunden wurde es feucht in seiner Lunge von der Fäulnis, die in der Luft hing. Schnell schlug er den Hemdkragen hoch und verließ mit einem Kaktus unter dem Arm das Blumengeschäft durch eine fehlende Glasfront. Es schien ihm, als hätte er endlich das Richtige getan. Mit kindlichem Stolz ging er heimwärts.

Auf der Dachterrasse saß Anton Winter dann mit dem Blumentopf auf dem Schoß und wartete im Kreise seiner Vögel, blickte hinauf und hinab, trat zum Geländer, um sicherzugehen, dass die rote Feuerleiter auch nicht verschwunden war, über die Frederike heraufsteigen würde. Nervös trommelte er auf seine Schenkel. Er ging hin und her. Er sagte den Papageien guten Tag, die darauf schwiegen, und als die Vögel ihn Minuten später höflich grüßten, erwiderte er kein Wort, um sie für ihr vorangegangenes Schweigen zu strafen. Als Frederike endlich kam, sah er sie mit jener überraschten Traurigkeit im Blick an, die sich nur dann einstellt, wenn die Liebe, die Schönheit, die Jugend um so vieles zu spät kommen. Schüchtern überreichte er Frederike den Kaktus, deutete gar eine Verbeugung an. Den wild wuchernden Mohn der Stadt zu pflücken, war ihm nicht in den Sinn gekommen, als gezieme es sich nicht, einer Dame Blumen vom Straßenrand zu schenken. Noch nie hatte sie einen einsameren Menschen lieben gesehen. Wie wenig er über die Liebe wusste, dachte sie, während sie mechanisch an dem Gewächs roch und es fortan nicht mehr übers Herz brachte, ihn allein zurückzulassen.

An jenen Tagen, als Frederike den Mann mitzunehmen begann ins Gebärhaus, war die Stadt mit einem Himmel aus Glas überzogen, von dem man fürchtete, er würde einem an den Fingerspitzen zerbrechen, wenn man die Hände nur hoch genug streckte. Unter diesen Himmel duckte sich grau und klotzig das Gebäude, aber auf den Dachrinnen saßen die Vögel und schienen dem Neuen zum Gruß zu singen. Anton war, als käme er an einen verwunschenen Ort: ein großes Haus voller Kinder und vergessener Menschen inmitten eines niedergehenden Landes. Wie an allen Fenstern jemand stand und die Schiebetür immer offen stand, weil stets jemand kam oder ging. Wie im Wind die weißen Krankenhaushemden wie Kraniche in die Luft flogen an ihren Leinen. Wie es ihn an etwas lang Vergangenes erinnerte, von dem er nicht zu sagen vermochte, was es war. Mit weit aufgerissenen Augen streifte Anton durch die Korridore hinter Frederike her, zog an ihrem Kittel, stieg die Treppen zwischen den Stockwerken hinauf und hinab, lief an den geschlossenen Türen vorüber und schaute hinter jene, die offen standen. Er ging von Bett zu Bett und leuchtete mit einer Taschenlampe, die er auf einer Fensterbank gefunden hatte, in die Bäuche der Frauen hinein wie in ein Ei, mit einem Blick, der ebenso bewundernd war wie befremdet. Mit den Lampen versuchten die Helfer die Kinder, die falsch im Mutterleib lagen, kopfüber ins Becken zu locken, fuhren mit den Lichtkegeln über die Gesichtchen und zogen den Strahl von oben nach unten, in der Hoffnung, dass die Föten ihm neugierig folgen und ihre Köpfe hinabdrehen würden, immer dem Licht hinterher. Wenn sie dem Schein hinterhergriffen, der durch den lichtdurchlässigen Uterus und die Bauchdecke fiel, lächelte Anton, und wenn sie blieben, wo sie waren, schüttelte er den Kopf.

Zu helfen gab es nicht viel. Es herrschte eine ereignislose Ordnung. Alle Aufgaben waren verteilt. Nur vor den Toten wichen alle zurück, so dass man froh war, wenn Anton sie wie selbstverständlich auf den Armen aus dem Zimmer trug und ihre abstehenden Gliedmaßen zwischen den Türstöcken hindurchmanövrierte, um die Körper im Hinterhof zu verbrennen. Es schien ihn nicht zu stören. Er sah hinweg über die Scham der Kranken, der Verletzten, der Toten, die sich bloßgestellt fühlten, weil sie nicht mehr sein konnten, was sie einmal gewesen waren. Den Müttern, die die Geburt nicht überstanden hatten, schloss er die Augen, und die winzig kleinen Körper wickelte er in Stoffwindeln, fest und sorgfältig, wie man ein Geschenk verpackt, das man auf eine lange Reise schickt. Die riesigen metallenen Müllcontainer hinter dem Gebäude an den Wänden, wo vormals die Krankenschwestern in ihren Kaffeepausen geplaudert und geraucht hatten, waren zu Krematorien geworden, die er betrieb. Bevor er die Leiber in die Tonnen stemmte oder die Bündel auf den Grund fallen ließ mit einem dumpfen Ton, der ihm von Mal zu Mal neu durch Mark und Bein fuhr, legte er den Toten die Hände an den Kopf, wie man es tat, wenn man sich verabschiedete, und es sah aus, als wolle er nicht nur sie, aber auch sich selbst trösten mit dieser Geste. Stiegen die Flammen hoch, blickte er kurz hinein in den Feuerschein und floh dann rückwärts in einer Rauchwolke vor den Gerüchen. Regnete es, verflog der Gestank rasch, so dass er das nasse Wetter liebgewann und selbst die ohnehin seltenen Regenpausen fürchtete. Bald kannte er die Gesetzmäßigkeiten des Todes, sagte die Stundenzahl voraus, die es benötigte, um einen Körper einzuäschern, wusste, dass die Alten besser brannten als ein eben erst Geborener, dicke Menschen leichter als dünne. Waren einige Stunden vergangen, erschien er erneut im Hof und leerte mit kalten Händen die Überreste in eine vor dem Wind geschützte Ecke. Es war nicht die Asche, die man aus den Urnen kannte, fein wie Sand durch Pressen getrieben, sondern ein grobstückiger Staub, in dem sich noch mancher Knochenteil fand.

Das Häuflein wuchs über die Wochen zu einem Berg aus Asche, so hoch, dass Anton Winter dachte, würde sich je ein Phönix aus ihm erheben, müsste der Vogel beispiellos groß sein. Waren seine Aufgaben als Totengräber erledigt, wärmte er sich die klammen Finger an dem heißen Blech der Öfen, der Abwärme der Toten, und brach wieder auf zu seinen Wanderungen durch das Haus, stets auf der Suche nach Frederike und getrieben von einer Neugier, von der er weder wusste, woher sie kam noch was sie ihm bringen wollte. Er strich also über die Körper und durch das Haus, wie er es als Kind getan hatte, wenn er auf Geheimnisse aus gewesen war und die Großmutter ihn mal aus einer dunklen Schublade, mal aus einem großen Vogelnest hervorziehen musste. Er lief an den beschwörend Betenden in den Ecken vorbei und jenen, die Karten spielten, als gäbe es etwas zu gewinnen, an den dünnen Katzen, die hinter den Heizkörpern die Knochen federleichter Mäuse zermahlten, und an jenen Zimmern, in denen die Frauen mit vollen Bäuchen lagen und hungrige Menschen ihre Hände hielten, wenn sie begannen zu schreien. Wie ein Hund trieb er sich umher, dachte nicht viel, folgte Gerüchen und Bildern, die ihm vertraut schienen, und saß an den Betten der Schlafenden, wie er es einst zu Hause an jenen der Kranken getan hatte. Schnell gewöhnten sich die anderen an den eigenartigen Mann und seine Taschenlampe, der mit der jungen Rothaarigen kam und ging, dem das Vogelfutter aus den Hosentaschen rieselte und der die Toten davontrug auf dürren Armen. Und bald fiel er niemandem mehr auf.

In Zimmer fünfhundertzwei stieß Anton eines Tages auf eine Person, die er selbst unter günstigeren Umständen nicht gehofft hätte, jemals wiederzusehen: seinen Bruder Leander. Beinahe hätte er ihn nicht erkannt, und er erschrak, dass sie einmal gemeinsam Kind gewesen sein sollten. Leander sah aus wie jemand, der eine große Liebe überlebt hatte, mit Zügen, die, statt hart zu werden, als tiefe Falten ins Gesicht eingegraben waren. Alt war er geworden und ihm so fremd wie vor vielen Jahren, als sie sich zuletzt begegnet waren. Damals war er zum ersten Mal, seit er fort in die Stadt gegangen war, wieder in den Garten zurückgekehrt, wo sich wie stets die starke Liebe und der übermächtige Tod gegenüberstanden. Öfter als ihm lieb gewesen war, hatte er an die Begegnung gedacht. Er erinnerte sich, als wäre es gestern gewesen. Der Hof. Die Blumenbeete, aus denen man mit Küchenmessern die Lilien schnitt und zu großen Kränzen wand. Der Weihrauch, der wie ein Nebel über den letzten grünen Blättern lag. Die Bauern mit ihren runden Köpfen und tiefen Tränensäcken, die Bleiche des Himmels über ihnen. Die Stille der Andacht und das Dröhnen der Hunderte Schritte der Trauernden. Der Sarg des Vaters wie ein hölzerner Geigenkasten. Das Futteral aus öligem, schwarzem Samt. Die Himbeersträucher. Die winzigen Kreuze am Zaun aus grünspanigem Schmiedeeisen im hintersten Teil des Gartens, der ihnen längst ein kleiner Friedhof geworden war, ein uralter Gottesacker, in dem sie die Toten als Saat zum Schlafen niederlegten. Der von bloßen Schritten geebnete Pfad dorthin, aufgebrochen an mancher Stelle von den armdicken Wurzeln der Bäume. Das Lichthäuschen und die Weihwasserschalen in den Händen der Frauen, die die Prozession anführten. Die alten Weiber in ihrer schwarzen Witwentracht, die Strumpfhosen an den Knien aufgerissen von den rauen Kirchenbänken. Die fragend geneigten Köpfe der Kinder, die zwischen den reglosen Erwachsenen mit glasigen Augen auf ihre Finger und jede Fliege, auf alles, was sich bewegte, starrten. Da hatten sie gestanden, all die Menschen aus seinem früheren Leben, immer noch melancholische Narren mit von der Zeit verlittenen Gesichtern, die alt gewordenen Hunde neben sich mit ihren Schnauzen weiß wie Schnee. Da hatten sie gestanden an diesem Herbsttag inmitten des Gartens, der seine Bewohner formte und ihnen allen die Seelen schliff wie eine Naturgewalt, bis sie einander ähnlich sahen. In der Ferne die bitterkalten Berge und Wolken rasend schnell über den Gipfeln. Die Tannen, aufrecht neben der Trauergemeinde, als wären sie ein Teil von ihr. Die Bläser, deren Finger am Metall der Instrumente froren, als sie den Trauermarsch spielten. Die dunklen Mäntel, auf die Schuppen und Haare herabrieselten, wenn jemand den Kopf senkte. Das Zittern um die Augen herum, bevor sie sich mit Tränen füllten. Wie das Geschrei der Vögel und das Gezwitscher der Säuglinge ineinander klangen. Wie die Frauen ihre Handtaschen umklammerten, dass die Knöchel weiß hervortraten. Wie die Trauergäste an ihm vorüberzogen, um ihm ihr Beileid auszusprechen, und er es nicht fertigbrachte zu antworten. Wie es Zeit wurde, Abschied zu nehmen, und Anton nicht gewusst hatte, von wem er sich verabschieden sollte, so wenig, schien ihm, hatte er den Vater gekannt. Wie ihm langsam die Kälte und die Steine durch die Schuhsohlen drangen und er sich nach seinem Bruder umsah, der einstmals immer alles wiedergutgemacht hatte. Sein Blick war im Kreis gegangen, und er hatte es nicht fassen können, wie schnell alles so alt geworden war, die Kinder groß, die Jugend verblüht, die Menschen fremd, wie man augenscheinlich an so vielem gescheitert war und so manch sanfter Zug, an den er sich in den Gesichtern erinnern konnte, zu Stein geworden war über die Jahre, wie schließlich ein ganzes Leben in einer schmalen Kiste auf den Schultern einiger weniger außer Sichtweite getragen wurde. Froh war er gewesen, dass der Vater, wie all jene, die noch der großen Familie angehörten, im Garten beigesetzt wurde, denn sooft er an einem Friedhof vorüberging, fragte er sich, ob die Toten nicht Heimweh hatten nach zu Hause. Auch erinnerte sich Anton, wie er nach dem Begräbnis endlich seinen Bruder wiedergefunden hatte und erst ein Befremden über sie gekommen war und dann die Scham, weil man verstand, dass man sich nicht mehr liebte und sich schon lange nicht mehr kannte und die Kindheitserinnerungen nicht genug gewesen waren. Verstohlen hatte Leander sich umgesehen und über Anton hinweg den Weinenden ins Gesicht gestarrt, als wäge er ab, wer in der Lotterie des Todes das nächste Los ziehen würde. Das sind die, die wir zu Grabe tragen, bevor man uns zu Grabe trägt, hatte er gesagt und ihm auf die Schulter geklopft, wie man an eine Tür schlägt, und war gegangen. Kein Wort hatte Anton damals über die Lippen gebracht. Jetzt stand der Bruder wieder vor ihm, hielt ein Kind im Arm und strich mit der anderen Hand Marta mit langen Fingern über die Stirn, während Frederike am Fenster lehnte.

6 | Der Herbst

Chaotische kleine Völkerwanderungen bewegten sich über das Land. Einigen waren sie begegnet auf ihrer Fußreise hierher, jeder mit seinem Schicksal, längst beraubt allen Mutes und dennoch auf der Suche nach einem guten Ort oder einem verlorenen Menschen. Die Sehnsucht überlebte jede Hoffnung – alle liefen ihr hinterher. An den Wegkreuzungen warf man einander schnelle Blicke zu, ein kurzes Lächeln, wünschte sich Glück und hastete in unterschiedliche Richtungen weiter, immer mit einem *Ich liebe, Ich will, Ich muss* auf den Lippen, jeder in seinen Untergang, jeder zu seiner Erlösung. Ein Pilznarr, der im Regen unter dem viel zu kleinen Schirm seines Parasols auf dem Waldboden gesessen war und verzückt an einem Fliegenpilz gekaut hatte, rief ihnen nach, dass sie es ihm lieber gleichtun sollten, denn glücklich wären jetzt nur noch die Narren.

Über Nacht war der Herbst gekommen. Der Asphalt war an manchen Stellen aufgerissen, an anderen standen trübe Lacken und spiegelten die törichten Gedanken jener, die mit gesenktem Kopf dahintrotteten, während unter ihren Füßen die Welt verschwamm. Schmale Grasbänder waren sie entlanggestolpert, hatten sich über durchweichte Wiesen und Flure geschleppt unter taubeneigroßen Tropfen, begleitet vom gespenstischen Echospiel von Wasser und Boden, immer weiter über das lehmige, vor Nässe schmatzende Land, das ihnen an den Sohlen kleben blieb. Der dreckigen, vom Regen singenden Schöpfung waren sie ausgesetzt gewesen. Mit Füßen wie aus Erde, die Schuhe überzogen mit gelbem Schlamm, standen sie nun im Hof, eine Schar, so klein, dass man sie für eine Familie hätte halten können. Groß war das Haus, um vieles größer als in seiner Erinnerung, in der er es lange nur noch aus jener Ferne gesehen hatte, die sich zwischen das Jetzt und die Orte spannt, von denen man fortgegangen ist, und die wächst, je länger man fortbleibt. Die Straßen und Wege, die jetzt hinter ihnen lagen, führten Wasser wie ein Flussbett. Der Wind pfiff über die leeren Felder. Die schwarzen, vertrockneten Sonnenblumen standen schief im Abendlicht. Das Baby schlief an ihre Brust gedrückt, den Körper verborgen unter dem dunkelblauen Wollpullover, sein Kopf neben dem der Mutter aus dem Kragenausschnitt ragend. Im strömenden Regen in einer Landschaft, die über Strecken keinerlei Unterschlupf geboten hatte, hatte sie es in den letzten Tagen gestillt, unsicher, ob es ihre Milch oder doch nur die Regentropfen trank, die ihre Brust heruntergelaufen waren. Jetzt waren sie angekommen, Anton, Frederike, Marta und Leander. Mit brennenden Lidern und schmutzigen Wangen standen sie da, ohne ein Wort, nass bis auf die Knochen, Skelette mit Regenmänteln aus Haut, darüber ihre roten Gesichter mit großen feuchten Augen, deren Pupillen von der Anstrengung des Marsches groß waren wie Kirschkerne. Die Muskeln brannten und die

Beine schmerzten. Die Rücken waren gebeugt, als hätte der Regen sie niedergedrückt wie die ungemähten Wiesen. Die Taschen und Säcke, vollgepackt mit Vorräten aus dem Krankenhaus, hingen ihnen schmutzig und tonnenschwer in den Händen.

Mit den letzten Schritten brach eine gewittrige Dämmerung über das Land, eine Dämmerung, in der es hier schon dunkel war und dort noch Tag, wenn man zurückschaute. Es herrschte ein Wetter, von dem seine Großmutter gesagt hätte, es wäre jenes eines Sterbetags, eines Tags, an den man sich erinnern würde, allein weil sich das Licht einem ins Gedächtnis schrieb. Der Himmel war oxidiertes Silber hinter ihnen und schwarz vor ihnen. Anton Winter, der noch einen Blick über die Schulter warf, bevor er unter das Verandadach flüchtete, war es, als liefen Kinder durch die von Regen und Sturm geknickten Gräser, aber als er die Augen kurz schloss und wieder öffnete, konnte er niemanden entdecken. Vor ihnen lagen nur das große Haus und der Stall, das Nebengebäude und die Werkstatt und schlussendlich, alles dicht umschließend: der Garten.

So wurde für Anton wahr, dass die Heimat der Ausgangs- und der Endpunkt jeder Reise sein muss. Die Kindheit erschien ihm jetzt als ein Ort, an dem man später groß sein möchte, um endlich für nichts mehr zu klein zu sein, und gleichzeitig als einer, vor dem man sich sein Leben lang retten muss. Wie, fragte sich Anton, kehrt man zurück in ein leeres Haus, das doch stets voll gewesen war mit Menschen, solange man denken konnte. Er wunderte sich, dass die Gebäude ohne ihre Bewohner nicht augenblicklich in sich zusammengefallen waren. Ein Wasserfall aus Weinlaub verhing das Haustor, viele der Trauben noch klein und hart, andere schon blau und süß und bereit, ausgesaugt zu werden. Der Türklopfer hatte Rost angesetzt. Im Haus war es kühl und schmutzig. Staub schwebte in den Zimmern wie Licht. Ein Seitenflügel des Hauptgebäudes war eingestürzt, und der Himmel fiel wie der müde Schein einer großen Lampe in eines der Schlafzimmer, in dem zu Antons Zeiten noch eine Tante gewohnt hatte und nun Siebenschläfer in den Ecken schlummerten. Die Spielplätze der Kindheit hatten sich zersetzt, waren unter der bloßen Last der Jahre zusammengebrochen. Schüchtern war der Garten in das Haus gekommen, hatte sich als Wein zwischen den Fensterkreuzen in die Dachkammern gedrängt, war als Moos die Treppen hinaufgekrochen, war in den Mauerrissen und im Putz erblüht, hatte die Holzdielen mit seltsamen Blumen übersät. In den Kuckucksuhren hoch oben, vor denen sie einst den Großvater angebettelt hatten, sie zur vollen Stunde auf die Schulter zu nehmen, damit sie besser sehen konnten, lebten nun die Fledermäuse. Das alte Bubenzimmer war, abgesehen von den Betten, leer. Die Exuvien von Insekten, dünner als Papier, und Fliegenrümpfe mit angezogenen Beinen, leicht wie ein Staubkorn, knisterten auf dem Boden und klemmten zwischen den Fensterflügeln. Die Spiegel waren blind. Die Fensterbänke, auf denen einst die Stofftiere Spalier gesessen waren und wie die echten Tiere ihre verarzteten Pfoten in die Höhe gehalten hatten, waren leer. Lack blätterte ab. Anton erschauderte. Natürlich war der Ort zu etwas anderem geworden, zum Haus seiner verstorbenen Großeltern und Eltern, einem Haus der Toten, und zu etwas, das es damals noch nicht gewesen war, als er hier lebte: einer Erinnerung, einem Museum seiner eigenen Vergangenheit, der Keimzelle seines Wehmuts. Auch der Geruch war ihm nicht vertraut. Die Korridore, die ehemals eine Mischung aus Röstaromen und Pfeifenrauch, Essig, Zimt, Schweiß, dem Dunst der Gelatine in heißer Marmelade und dem kühlen Zug der Speisekammer verströmt hatten, rochen nun mehr nach Tier und Wald als nach Menschen. Der Duft von Rahm und Marillen fehlte. Die obstigen Ausdünstungen der Küche und das schwüle Parfum der Pfingstrosen, das sommers von draußen in das Haus geweht war. Der Hauch des selbstgemachten Traubensafts, der aus dem Kücheneimer mit einer Suppenkelle geschöpft wurde und im dickbauchigen Krug bereitstand, und das süße Aroma der Zuckerln, die die Alten so gern kauten.

Anton spürte, dass Leander ihm einen Blick zuwarf, der nach Kinderart um Verzeihung bat und den er nicht zu deuten vermochte. Sie stellten die Taschen auf die unterste Treppenstufe, eine von vielen, die mit rotem Teppich bedeckt empor in die Düsternis des Hauses führten. Draußen war es endgültig finster geworden, das Kind war aufgewacht und hatte stumm die kleinen Finger um die Schutzengelkette der Mutter geschlossen. Auch drinnen war das Licht verschwunden. Wie ein Geisterzug marschierten sie durch die Gänge und vorüber an geschlossenen Türen, von denen sie fürchteten, sie könnten sich öffnen. Sie waren übermüdet und überreizt. Die Sinne so scharf, als wollten sie zum Sonar werden. Die Zersplitterung der Wahrnehmung und der Augenblick, wenn sie wieder zusammenwächst und Aufschluss über die Welt gibt. In jeder Unebenheit des Bodens sahen sie ein geheimes Zeichen oder einen Stolperstein. Über ihren Köpfen schienen die Spinnennetze und die Dunkelheit unablässig größer zu werden. Jedes Rascheln ersetzte einen Herzschlag, der vor Schreck ausblieb, jedes Knarren fuhr ihnen tief in die Knochen und trieb Unfug im Hirn.

Im Dunkel wiesen die Brüder den Frauen Schlafwandlern gleich den Weg. Mit den Fingern der einen Hand die Wände streifend, als vergewisserten sie sich der Richtung, führten sie an der anderen Frederike und Marta durch das Haus. Auf den alten kratzigen Teppichen, die nicht nur den Boden, aber auch den Diwan des Salons und ein Schlafsofa bedeckten, schlugen sie schließlich ein Lager auf, breiteten Jacken und Decken aus, auf die man sich betten konnte, durchleuchteten den Raum mit jener Taschenlampe, die Anton seit Wochen nicht aus der Hand gab, und ließen die Frauen mit dem Kind allein, um sich auf die Suche nach all dem zu machen, das sie für die Nacht und die Tage brauchen würden.

Mit festen Schritten zogen die Brüder los und schritten das Gelände ihrer Jugend sorgfältig ab. Sie schlichen durch die Räume, wie damals die Mondsüchtigen des Hauses nachts mit starren Augen durch die Gänge auf die Lichter zugewandert waren, nur rief sie jetzt niemand zurück. Wie Gespenster waren die Befallenen damals auf der Veranda gestanden, in Nachthemden, die im Wind flatterten. In die Irre geführt vom Mond, vom schwarzen Gesang der Vögel oder dem schwarzen Gesang der Nacht, wer wusste es schon. Die Mutter, aus ihrem ewig leichten Schlaf gerissen, war den Schlafwandlern gefolgt, damit sie nicht im Tiefschlaf in die Berge wanderten, hatte ihnen, wie ihr vom Arzt geraten worden war, Fragen gestellt und Süßigkeiten angeboten, worauf sie freiwillig und mit kummervollem Kopfschütteln zurück in die Betten gegangen waren. Eine Dose mit Keksen hatte auf dem Nachttisch der Mutter gestanden, und sooft die Buben und Mädchen, vom Lärm erwacht und mit bloßen Füßen, fragend in den Türen gestanden waren, hatten auch sie ein Plätzchen bekommen, damit sie leichter wieder einschliefen. Wie die Schlafwandler mussten auch Anton und Leander die Wege, die sie gingen, nicht sehen. Sie bewegten sich mit der Orientierung derer, die am rechten Ort waren. Sie öffneten Türen und schlossen sie wieder. Rissen Schubladen auf und schoben sie zurück. Inspizierten die leeren Regale der Speisekammer und die welligen Fächer der Vitrinen, spähten hinter die alten Kommoden, fanden ein paar Kerzen und Würfel, sonst nichts. Über die ausgetretenen Steinstufen, die sie so oft hinuntergefallen waren, stiegen sie in den Weinkeller hinab. Sie tasteten über den feuchten Stein und Putz in jene Ablagen, in denen einstmals Hunderte von Flaschen voll mit dunklem Sirup und hellem Wein, große Glasbehältnisse, die der Sturm trüb beschlug, und kleine Rexgläser, in denen Sauergemüse und eingemachtes Obst den Winter überdauerten, gestanden hatten. Mit der flachen Hand fuhren sie in die hintersten Winkel, die

Finger bald kalkweiß, die Nägel schwarz vor Dreck. Weder das Ribiselgelee, das sie als Kinder oftmals stibitzt und mit Blättern, zu Löffeln gebogen, ausgegessen hatten hinterm Haus, noch die Obstsäfte fanden sie mehr, aber zwei Flaschen weißen Weins, dem der Weinstein schwer am Boden saß. Er schmeckte herb, rieb wie Sand auf der Zunge und stürzte sauer die Kehle hinunter, als sie einander zuprosteten. Durstig waren sie, und Schluck für Schluck tranken sie, als wäre es Wasser, und schnell stieg ihnen der Alkohol in den Kopf. Schon lachten sie ein wenig miteinander. Schon verstummten sie misstrauisch wieder. Schon schwankten sie die Treppe hinauf.

Im Hof war der Mond weiß in die Dunkelheit lackiert. Der Sternenhimmel schien so nah, als wäre er ihnen einer Kapuze gleich über den Kopf gezogen. Tief holten sie Atem. Die Nachtluft schlug ihnen ins Gesicht und klärte den Blick mit ihrer Kälte. Vorbei an den Mühlsteinen, die an der Mauer lehnten, den großen Terracottatöpfen, aus denen Klivien wucherten, dass der Ton unter der Gewalt der Wurzeln geborsten war, entlang der heruntergebrochenen Dachrinnen liefen sie. Die Weinflaschen hatten sie noch immer in der Hand, und die scharfen Schatten des Hauses und die grobmaschigen des Gartens begleiteten sie.

Das Tor zur Werkstatt klemmte. Anton beobachtete seinen Bruder, der unter der Türklinke im Gras kniete und sich schwer atmend die Schnürsenkel band. Die paar Jahre, die man einer Kindheit zumaß, hatten sie miteinander geteilt, aber das Gros ihrer beider Leben weit weg voneinander verbracht, ohne einander zu vermissen. Was verband sie heute noch? Sie waren Teil derselben Familie und Empfänger der gleichen Liebe gewesen. Sie waren Söhne derselben Mutter und desselben Vaters, vor dessen Werkstatt sie standen und die ihnen auch heute verschlossen blieb. Sosehr sie daran rissen mit ihren müden Armen, so wenig öffnete sich die Holztür. Sie drückten sich die Nasen an den trüben Fensterchen platt und erhaschten doch nur einen Blick auf eine Dunkelheit, die noch schwärzer war als jene, die sie umgab. Beide dachten sie an den Vater. Als Gespenst sahen sie ihn vor sich, das in seinem Reich aus Holz den Violinen die Arme um die Taille legte. Sahen, wie die Tanzmeistergeigen mit ihren langen Hälsen an den Wänden hingen und das Cello aufgespießt und einbeinig in der Ecke lehnte. Wie die fertigen Instrumente stumm in ihren Kästen lagen, als wären es Särge. Wie die Fliegen im Sommer auf den Saiten saßen, bis man sie anschlug. Wie der Vater die mit Silberdraht umsponnenen Därme nachdenklich berührte und sich das gehobelte Holz der Tischlerarbeiten am Boden lockte wie Mädchenhaar. Wie er und Leander es aufkehren mussten am Ende einer Woche und es in Körben ins Haus trugen, um die Öfen damit anzuzünden. Warf man die Späne ins Feuer, war es Anton stets, als sähe man in den Flammen kurz Gesichter unter den Holzlocken auflodern, bevor es zu hell wurde und man den Blick abwenden musste. Die Werkstatt war der Augapfel des Vaters. Wie sehr liebte er sie, oder wie sehr glaubten die anderen, dass er es tat. Was wusste man schon über die Liebe des Vaters, über diesen hageren und schweigsamen Mann, den cholerischen Menschen, der er war, wenn er nicht schwieg, und der am liebsten ging, wenn andere kamen. Keiner schien ihn zu kennen, niemand wusste, was er liebte, außer den Wald und sein Holz, selbst die Mutter sah ihn stets fragend an, als wartete sie immer noch auf den Augenblick, in dem sie einander nach all den Jahren begegnen und brauchen würden. Die Mutter, diese entrückte Frau, die mit der gleichen Geste die Laken glatt und den Toten die Augen zu strich, ohne Mitleid, weil sie die Notwendigkeiten dieser Welt erkannt und angenommen hatte.

Die Schlüssellöcher waren damals die Abbilder der weit aufgerissenen Münder der Kinder, die hinter den Türen auf die Geheimnisse der Erwachsenen lauerten. Wenn ich mit dir rede, bist du wie eine deiner Geigen, die in der Ecke stehen und schweigen, konnte man an den Türen lauschend die Vorwürfe der Mutter hören und sie später nicht recht trösten, wenn sie beim Bitterschnaps im Wohnzimmer saß und mit den Alten Karten spielte. Dann brüllte der Vater von Zornschüben erschüttert, bekam einen roten Kopf, schlief auf der Bank in seiner Werkstatt und war nicht hervorzulocken. Geduld verstand er stets als die Fähigkeit, nur langsam wütend zu werden. Seinen Söhnen saß er mit dem Gleichmut eines Schöpfers gegenüber, der seine Aufgabe mit ihrer Zeugung erfüllt hatte und der, ließ er den Blick zwischen den Geigen und ihnen hin- und herwandern, zu bedauern schien, dass die Kinder nicht auch aus Holz gemacht waren. Nie sagte er viel. Aber als er einmal für die Nachbarn ein schneeweißes Lamm schlachtete, erinnerte sich Anton, hatte er tagelang geweint, stoisch, als sähe es niemand. Die Geigen sind sein hölzernes Herz, pflegte die Mutter zur Großmutter zu sagen, die dann nickte und hilflos lange nichts zu sagen wusste.

Anton Winter löste den Blick von den blinden Scheiben und den Erinnerungen und ließ sich an der Wand der Werkstatt hinab ins Gras sinken. Mit steifen Fingern drehte er sich eine Zigarette von seinen letzten Tabakvorräten, und die große Geste, mit der er auch Leander das Tabakpäckchen anbot, ließ erkennen, wie sehr er sich dazu überwinden musste.

– Willst du eine Zigarette?, fragte er den Bruder, der sich schwerfällig zu ihm setzte und die Beine anzog, als wollte er sich am eigenen Körper wärmen. Abwehrend hob er die Hände.

– Ich rauche doch nicht.

– Früher, als wir Kinder waren, haben wir die Weinblätter mit den harten Hollerbeeren gestopft und getan, als wären sie eine Pfeife, wie die von Großvater. Oder, murmelte Anton, erinnerst du dich nicht?

– Doch, aber das ist lange her. Wir haben uns lange nicht gesehen, Anton.

– Auf Vaters Beerdigung.

– Er wollte unbedingt, dass du kommst. Er hatte bessere Vorstellungen vom Tod als vom Leben. Auf seinem Begräbnis sollten alle da sein, die er sonst gemieden hat.

– Du hast kein Wort gesagt zu mir beim Begräbnis. Kurz schaute er Leander an.

– Und du hast nie viel gesagt, du hast nicht einmal geweint.

Anton Winter nahm einen langen Zug von der Zigarette, sah zu, wie sie erst aufglühte und sich dann in eine Stange aus Asche verwandelte, die sich krümmte und zu Boden fiel.

– Warum wolltest du hierherkommen?

– Wieso bist du damals fortgegangen?

– Nach Großmutters Tod? Anton hob den Kopf und sah in die Ferne. Ich habe nicht ertragen, dass sie nicht wiederkommen wird. Ich habe schon die Monate davor nicht ertragen. Erinnerst du dich nicht, wie sie stumm und reglos tagelang im Ehebett lag, nachdem Großvater gestorben war, akkurat auf ihrer Seite, die andere Hälfte leer und sorgfältig aufgebettet. Sie hat ihn so vermisst. Wenn ich zu ihr gegangen bin und sie gestreichelt habe, hat sie sich weggedreht. All die kleinen Gesten, die die beiden miteinander verbanden, haben ihr so sehr gefehlt, und sie hat gewusst, dass niemand Neues mehr kommen wird, um sie zu ersetzen. Ich glaube, es war nicht nur der Verlust, es war auch der Liebeskummer, den man noch im Alter spürt, wenn man sich nicht erinnern kann, wann einem jemand das letzte Mal die Hand gehalten hat. Manchmal hat sie mich auf den Mund geküsst. Einmal hat sie mich gebeten, ihr das Buch, in dem Großvater zuletzt gelesen hatte, zu geben. Sie hat begonnen, es an jener Stelle weiterzulesen, an der er es zuletzt aufgeschlagen hatte. Die Krankheit und die Trauer wurden ein Bestandteil ihrer selbst. Sie haben sie ganz und gar durchwachsen. Das Sterben ist eine Knochenarbeit, hat sie gesagt. Sie hatte große Schmerzen. Wenn sie aufgestanden ist und sie die Kraft verlassen hat, hat sie leise nach ihrer Mutter gerufen. Mama, Mama, hilf mir, hat sie geweint. Du hast das nicht gesehen. Du bist nie zu ihr ins Zimmer gegangen. Sie hat gefragt nach dir, sie hat nach allen gefragt. Irgendwann ist sie genauso müde wie alt geworden. Wenn ich sie trösten wollte, hat sie die Augen geschlossen. Sie hat mich nicht mehr angeschaut. Ich war der Falsche. Und dann ist sie gestorben an dem einzigen Tag, an dem ich nicht im Haus war. Ich habe nie geglaubt, dass sie sterben würde, wenn ich nicht da bin. Ich habe nie geglaubt, dass sie alleine sterben würde. Dass sie es muss.

Leander sah ihn scharf an.

– Du bist nicht wiedergekommen.

– Nein.

– Du bist nie mehr zurückgekommen, du hast nicht einmal deine Sachen geholt. Niemand wusste, wo du warst, wo du hinwolltest. Keiner konnte dich suchen, es gab so viel zu tun, die Totenwache, die Vorbereitungen für das Begräbnis. Alle sind aufgescheucht durch das Haus gelaufen, im Garten wurde lang gestritten, wo genau man sie eingraben sollte. Wir haben gedacht, du würdest auftauchen aus einer Ecke, wenn sich das Chaos gelegt hätte. Wir haben gedacht, du versteckst dich, um allein zu trauern. Wo bist du gewesen, Anton, damals, warum warst du nicht zu Hause?

Anton schwieg lange. Dann fing er an:

– Er stand morgens im Zimmer und sagte, ich müsse ihm helfen im Wald. Ich wollte Großmutter nicht allein lassen, habe ihn gebeten, er möge doch dich mitnehmen. Er sagte, du verstehst nichts vom Holz. Fürs Holz muss man schweigen können. Es hat wie eine Anerkennung geklungen für mich. Da bin ich mitgegangen. Aber er hat mich kein einziges Mal angesehen im Wald.

– Wer?

– Vater.

– Vater, wiederholte Leander, als habe er das Wort schon lange nicht mehr gedacht oder gesagt.

– Da bin ich mitgegangen. Und sie ist gestorben.

– Sie hat bis zuletzt Karten und Brettspiele gespielt, sprach Leander wie für sich selbst. Das allerletzte Halmaspiel konnte sie nicht mehr zu Ende bringen, aber es hat ausgesehen, als würde sie gewinnen. Sie hat die Könige auf den Spielkarten angeschaut, als wären es Familienfotos. Sie hat nach dir gefragt, Anton.

– Eigentlich wollte ich nie wieder zurück hierher. Die Sommer sind alle vorbei. Die Sommer sind damals zu Ende gegangen. Und nach einer Pause: Was ist mit den Gläsern der Großmutter passiert?

– Den Föten? Wir haben sie mit ihr begraben. Wir haben sie zu ihr in den Sarg gelegt und sie zusammen beigesetzt.

Anton wandte das Gesicht ab und schwieg.

– Wenn du es wissen möchtest: Mutter lebt noch, sagte Leander.

In diesem Moment herrschte eine Stille zwischen den Brüdern, die nur eintritt in jenen wenigen Sekunden, die es braucht, bis ein Schmerz erwacht.

– Sie lebt in einem Altenheim, das heißt, ich weiß nicht, wo sie jetzt ist oder ob sie überhaupt noch lebt.

– Ich erinnere mich nicht gut an sie. Als wäre sie nicht meine und deine Mutter gewesen, sondern auch die aller anderen. Und sie war ja auch eine Mutter für alle und vielleicht deshalb so wenig eine für uns, unterbrach ihn Anton. Für mich war sie eine Frau, eine von vielen in unserem Garten. Aber gerochen hat sie wie ein Engel.

– Kannst du dich erinnern, was sie und die Alten immer gesagt haben, wenn die Zeiten schlecht waren, ihr Gemurmel und ihre Gebete am Abend: *Erhebet die Herzen – Wir haben sie beim Herrn.* Wie in der Kirche. So hoch kann man heute sein Herz gar nicht stemmen, sagte Leander, seufzte und zog die feuchten Hosenbeine enger an den Körper, die Finger hatte er ins Gras gesteckt, als fahre er jemandem durchs Haar.

– Was ist passiert, als ich fortgegangen bin?

– Nichts, Anton. Nichts. Wir haben Großmutter begraben. Vater sagte kein Wort, dass du mit ihm gewesen warst, er tat, als wüsste er von nichts. Alle haben weitergelebt, und manche sind gestorben. Und irgendwann sind mehr gestorben, als weitergelebt haben. Ich bin in die Stadt gezogen, als ich die Apotheke übernommen habe. In den Sommern war ich oft mit Marta hier, sie kennt den Garten aus einer Zeit, als noch die Familie darin gesessen ist. Sie hat ihn geliebt. Vor allem die Sommer. Aber zurückgekommen sind auch wir nicht mehr.

Die Sommer, dachte Anton. Immer wieder die Sommer. Niemals habe ich mich erholt von ihnen. Von ihrer Qual, wenn es so heiß war, dass man glaubte wahnsinnig zu werden. Er sah sich wieder im Gras liegen, roch die faulende Last der Bäume, die schwarzen, faltigen Kirschen, die an den Ästen gärten, bis sie die Luft sauer machten, zu Boden fielen und von Tieren gefressen wurden oder vertrockneten. Er spürte wieder, wie die grünen Äpfel zwischen den Zähnen knackten. Wie die messerscharfen Halme ins Fleisch schnitten und der trockene Klee nach der Mahd zwischen den Zehen kleben blieb, und wie sie bei der Gemüseernte so heftig an den Salatköpfen zerrten, als wollten sie einen zugehörigen Menschen mit aus der Erde heben. Noch einmal wucherten die Tigerlilien vor ihm in der Dunkelheit, und er sah die Säulen aus Mücken vor ihm wie Rauch aus den Wiesen aufsteigen. Er erinnerte sich, dass sie die Königskerzen wie Fackeln durch den Garten getragen hatten und die gelben Glöckchen der Blütendolden diese Kinderprozessionen der Nacht mit einem leisen Läuten zu begleiten schienen. Die Gelsen flogen auf wie Propeller, und die Glühwürmchen waren Girlanden aus Licht, wenn sie auf den Fensterkreuzen saßen in den Dämmerstunden. Wie sie auf Fahrrädern mit alten Autolenkrädern über die Wiesen holperten. Wie sie vor den seltenen Beichten für den Priester ein paar Sünden erfanden, weil ihnen nicht einfiel, was sie Böses getan haben könnten. Wie sie sich erst mit heißem, selbst eingekochtem Ketchup die Bäuche vollschlugen und sich dann im Hof übergaben. Wie die Großmutter Schalotten gegen die Sonne hielt und sie durchsichtig wurden im Licht, bevor sie sich die kleinen Zwiebeln ganz in den Mund steckte und aß wie ein Bonbon. Wie die Erdbeerfelder leuchteten. Wie kalt der Rahm aus der Speisekammer sich anfühlte auf einem Sonnenbrand. Wie am Ende jeden Sommers die Mädchen die toten Schmetterlinge sammelten und einander die getrockneten Falter als Schmuck ins Haar steckten.

Er dachte an jene Morgen, an denen die Sonne bereits brannte und das feuchte Gras trocknete, während es im Schatten noch kalt war, und an die Abenddämmerungen, in denen ein Gewitter herannahte, man mit nackten Beinen den letzten Fußbällen hinterherstürzte und nach stundenlangen Spielen, Niederlagen und Triumphen von den ersten Tropfen ins Haus gescheucht wurde. Die Unwetter jagten einander sommers über die Wiesen, und es schien Anton, als könne er nicht mehr unterscheiden, ob es die Donnerschläge waren oder ein unbändig tiefes Lachen, was in seiner Erinnerung grollte. Diese Tage, an denen man sich mächtig und frei fühlte wie ein Tier. Wenn dem Menschen die Todesahnung in den Knochen steckt, denkt er so gerne an den Anbeginn, überlegte Anton. Er hatte vielleicht nie an etwas anderes gedacht. Und doch fragte er sich: Hatte die Erinnerung alle Schrecken des Kleinseins aufgehoben? Hatte das Sommerglück, das man sich ins Gedächtnis gezimmert hatte, die Einsamkeit des Kindes getilgt? Und hatte es ihn nicht mit einer großen Leere zurückgelassen? Was machte man mit aus dem Kopf verschwundenen Dingen, die es noch gab auf der Welt, und was machte man mit aus der Welt verschwundenen Dingen, die es noch gab im Kopf? Er wusste es nicht. Der Garten war immer schon die Voraussetzung seiner Existenz gewesen, weniger ein Ort als ein Umstand, der ihn begleitete, wohin er auch ging. Schon war er weit weg in Gedanken, schon war er wieder im Garten und überrascht, als ihm bewusst wurde, dass er tatsächlich hier war.

Leander räusperte sich. Anton schreckte hoch.

– Ich hab jetzt ein Kind, sagte Leander.

– Ich weiß. Es ist ein schönes Kind. Fast so klein wie meine Vögel. Er machte eine Pause, wirkte zerstreut. Ich hab jetzt eine Frau.

Der Bruder warf ihm einen erstaunten Blick zu.

– Hattest du vorher denn keine?

– Nie.

– Warum?

– Es war keine da.

– Es sieht aus, als würdet ihr euch schon sehr lange kennen, Frederike und du.

– Um ehrlich zu sein, ich habe keine Ahnung von alldem, murmelte Anton. Ich weiß nur, ich habe meine Vögel zurücklassen müssen. Du wirst dein Kind auch zurücklassen müssen, schlussendlich, wenn es so weit ist.

– Ich wollte wegen des Kindes, dass wir alle noch einmal hierherkommen. Ich selbst wollte auch noch einmal zurück. Hier herrscht eine andere Zeit, hier war immer alles anders. Fast ist es noch Sommer. Er lächelte und hielt inne. Wir haben in der gleichen Stadt gelebt, du und ich, Anton. Dass wir uns nie über den Weg gelaufen sind!

Anton blickte seinen Bruder an.

– Es ist traurig, wenn der Tod das größere Spektakel ist als das Leben. Und man sich erst dann findet.

Leander nickte.

Durch den Garten, in dem die ersten gefallenen Blätter den Boden bedeckten, gingen sie zurück. Wenn sie früher gefragt hatten, wann der Herbst käme, hatte der Großvater geantwortet, wenn man einmal so alt sei wie er, gebe es keinen Herbst mehr, weil einem die letzten Sommertage immer wie der Anfang eines langen Winters erschienen.

Im Haus lagen Marta und Frederike aneinandergedrängt im Lichtkegel der Taschenlampe, so nah, als erzählten sie sich eine Gruselgeschichte. Die Luft war mit Einbruch der Nacht kalt geworden. Das Kind hatten sie in ihre Mitte genommen, und es lag eingeklemmt zwischen den einander zugewandten Körpern der Frauen. Längst waren sie eingeschlafen, nachdem sie einander daran erinnert hatten, dass man sagte, der Traum des ersten Schlafes in einem fremden Haus werde immer wahr. Die Männer heizten den Ofen mit trockenen Ästen an, und er fraß sie mit der Gleichgültigkeit, mit der er immer alles verschlungen hatte, nicht nur Holzscheiter, auch Taschentücher, die gelesene Post und die Zeitungen mit all ihren schlechten Nachrichten. Sie tranken noch einen Schluck des kalten Weins, dann schliefen auch sie.

Der Regen legte sich mit den Tagen, das Land trocknete auf. Durch die alten Fenster fiel neues Licht. Am Morgen raschelten die Blätter der Bäume draußen nun wie in den Kindheitstagen, an denen man krank im Bett lag und zu Tagesanbruch sehnsüchtig auf das Öffnen der Balken und die letzten, verhallenden Käuzchenschreie der Nacht wartete. Tag für Tag zog ihnen nun das erste Licht am Morgen den Schlaf wie eine Decke vom Gesicht, und sie erwachten ausgekühlt und durchfroren. Dann gingen sie in den Garten, Menschen so müde, dass ihnen selbst im Sonnenschein kalt war, bis es Mittag wurde. Sie knieten in den verwilderten Beeten, gruben Zwiebeln und Rüben aus der Erde, ernteten die letzten Tomaten von den Stöcken, kehrten mit den Armen voll Gemüse zurück ins Haus und legten die gelockten Köpfe des Endiviensalats neben die glatten des Kohls. Frederike saß stundenlang auf den schwarzen Ästen der Obstbäume und warf die Äpfel und Birnen wie ein Jongleur durch die Luft und einem der anderen in den Schoß. Von den Streifzügen durch das umliegende Land brachten sie Pilze mit, an deren weichen Kappen die Fingerabdrücke zurückblieben, so dass jener, der sie zubereitete, erkennen konnte, wer sie gefunden und aus dem Boden gegraben hatte. Jeden Tag gab es ein Festessen, ein Herbstbankett, eine Tafel nach Arcimboldo, die sich wie von selbst deckte. Sie klapperten mit dem alten Emaille-Geschirr, aßen heiße, mehlige Kartoffeln, die an den Zähnen klebten, schnitten die Schalen klein und warfen sie händeweise für die Krähen hinaus in den Hof. War es warm genug, badeten sie in den urigen Wannen aus Stein, in denen schon die Brüder als Kinder geplanscht hatten, und saßen an den weiß lackierten Tischen und auf den Gartenstühlen, die im Schutz der Veranda verwitterten. Die Stadt mit ihrer ausgehungerten Kargheit und den harten Linien der Häuser war in weite Ferne gerückt. Der Garten beschwor eine altmodische Lebenslust herauf, die den vergangenen Zeiten, die hier erlebt worden waren, zu huldigen schien.

In Anton Winters Kopf standen sich die Gegenwart und die Vergangenheit gegenüber, pausenlos war sein Gedächtnis mit Vergleichen beschäftigt: So ist es gewesen, und so ist es nun. Er lehnte an den Zäunen und sah auf die Wiesen, in denen sich immer noch Katzen auf einsamer Jagd in gespanntem Bogen ins Gras duckten und reglos auf die Mäuse warteten. Er rief sich ins Gedächtnis, wie er schon damals hier gestanden hatte, immer einen Kübel alten Gebäcks in der Hand. Er dachte an den dunkelbraunen Schimmel am Brot und an den türkisen, der von den Semmeln staubte, wenn man sie den Schafen zuwarf und sie auf dem Boden noch ein bisschen weiterrollten. An den Hund, der neben ihm gesessen war, an einem harten Kipferl kauend, bis er wieder kläffend den Singvögeln hinterhergesprungen war. An die Felder voller weißer Gänse und schwarzer Hofhunde, die zwischen ihnen hindurchstoben, und die Kinder, die von ganz oben auf dem Misthaufen Ausschau nach ihnen hielten. Sah er sich heute um, hatte sich die Landschaft rundherum verändert, die Straßen waren näher gerückt, und Strommasten, die bereits wieder verfielen, hatten am Horizont Stellung bezogen. Nur das Haus war dasselbe, wenn auch baufälliger denn je. Der Hühnerstall aber war komplett verschwunden, nicht eine Feder war geblieben, und Anton Winter fragte sich, wie denn nun die uralte Geschichte vom Huhn und dem Ei, in der das eine das andere ergab, weitergehen sollte. Auch der Misthaufen, der stets ausgesehen hatte, als hätten riesenhafte Ameisen ihn aufgeschüttet, war wie vom Erdboden verschluckt, und mit ihm der Gestank nach Jauche und der stechende Ammoniakgeruch der Sickergrube.

Der Garten war eine Wildnis geworden, menschenleer, unberührbar von Himmel, Zeit und Witterung, gleichmütig gegenüber dem Karussell des Kalenders und dem Luftzug der Uhrzeiger, die über das Ziffernblatt hasteten. Ein organisches Band, das sich um die Familiengeschichte schloss und sie festhielt zwischen seinen Blättern und Wurzeln. Wann mochte der Garten endgültig verlassen worden sein, wann das letzte Mal beschnitten, gejätet, gelichtet, gepflegt von Händen statt von Sturm und Zeit? Überall sah Anton aus der Erde für Sekunden seine ehemaligen Bewohner aufsteigen und wieder in ihr verschwinden, sah Schatten, die sich niederbeugten wie greise Weiber, sah Gestalten die Arme zum Himmel erheben, und blickte er ein zweites Mal hin, waren es nur die Bäume, eine merkwürdig gewachsene Pflanze oder ein paar Vögel, die zur Rast mit zusammengefalteten Flügeln im letzten fanatischen Grün der Sträucher kauerten. Doch immer aufs Neue erhoben sich die Menschen, hielten inne, nickten ihm zu und zerfielen, als wäre ihre Zeit verflogen. Einmal meinte er für Sekunden die Großmutter durch die Brennnesseln waten zu sehen, mit dem losen Haar des kurz bevorstehenden Todes, ihrer hohen Stirn, aus der die Haare weit zurückgewichen waren, dem leuchtend weißen Gebiss, das locker im Mund saß, die eingeweichten Semmeln für die Nebelkrähen ins Gras werfend. Es war das Rauschen der Erinnerung, das ihm einen Streich spielte, aber auch das Wissen darüber nahm dem Phänomen nichts von seinem Zauber. Dass er vielleicht dabei war, seinen Verstand zu verlieren, kümmerte ihn nicht. Es war, als habe er etwas zurückbekommen, und es machte ihn eigenartig glücklich, wie er es schon lange nicht mehr gewesen war. Und wann immer das Haus morgens im Nebel lag, sah Anton sich um, ob es nicht der Großvater mit seinem Pfeifenrauch eingehüllt hätte.

So wie das Haus ein Ort des Erinnerns war, war er auch einer des Vergessens. Man dachte dort auch an etwas anderes als den Weltuntergang, spaßte und lachte wie auf einem Ausflug oder einem Familienfest. Große Vogelschwärme zogen in diesen Herbsttagen über den Garten und ihre Köpfe hinweg. Enten und Gänse und die nimmersatten Störche, von denen die Großmutter immer behauptet hatte, sie brächten nicht nur die Kinder, sondern fräßen auch junge Katzen, weshalb man die Kätzchen im Spätsommer während des Vogelzugs für ein paar Tage in die Küche sperrte. Alle standen sie nun im Hof, sahen zum Himmel hinauf und den Zugvögeln hinterher. Ihnen war das Reisen angeboren. Sie vererbten einander ihre Wege und ihr Fernweh, ihre Unruhe und ihr rhythmisches Wandern. Die Richtungen, die sie einschlugen, standen von Anfang an fest, anders als bei den Menschen, die über die Generationen kein Schicksal, sondern nur ein bisschen Leben und den sicheren Tod vererbten, wie man in der Familie oftmals gescherzt hatte. Und doch hatte es sie alle hier zusammengetrieben unter ein Dach, Anton und Leander, Frederike und Marta und das Kind. Sie lebten ruhig und vorsichtig miteinander, fühlten sich füreinander verantwortlich, beschützten einander vor diesem und jenem, belehrten sich über dies und das, bangten und lachten gemeinsam. Das Kind umsorgten sie abwechselnd, die Männer erst zögernd, als könnten sie ihm weh tun, später wie selbstverständlich. Die Frauen verhielten sich, als wäre es nicht Martas, sondern ihrer beider Kind. Als es Fieber bekam, wachten sie nächtelang Seite an Seite und versicherten einander, dass alles gut werde.

Nach und nach eroberten die beiden Frauen das verlassene Gehöft, besahen, was davon übrig war, stöberten nützliche Gerätschaften auf und alte Familienstücke. Sie redeten viel und machten lange Spaziergänge mit dem Säugling im Arm. Marta sprach von vorangegangenen Besuchen im Garten und den Verwandten, denen sie noch begegnet war. Dass sie lange nicht gewusst habe, dass Leander einen leiblichen Bruder hat, und er ihr erst vor wenigen Jahren von ihm erzählt habe, so beiläufig, als hätte er es davor einfach vergessen. Dass er nie von seinen Eltern, aber manches Mal von seinen Großeltern gesprochen habe. Sie erzählte, dass ihr die Funktionsweise dieser Großfamilie und das Wesen dieser Kindheit bis heute nicht vollständig klar waren. Zusammen verbrachten sie Stunden im Garten in Decken gewickelt und ließen sich vom Wind die Blätter über die Köpfe wehen, während das Kind in die Luft schaute. Sie beugten sich gemeinsam über den Säugling und seine lichtempfindliche Haut, weiß wie die Frederikes, unter der die Adern hervorschienen, und sahen in seinen Augen einem Wetterleuchten hinterher und der Spiegelung des blauen Himmels.

Die beiden Brüder hingegen empfanden eine scheue Sehnsucht nach einander und wichen doch erschrocken zurück, wenn sie sich erfüllte. Das Gespräch der ersten

Nacht hatte in ihnen die Hoffnung geweckt, dass sie sich neu finden könnten, aber auch jene lähmende Last der Identität innerhalb einer Familie vergrößert, die es einem so schwer macht, ein anderer zu werden, weil alle immer schon wussten, wer man eigentlich war. Es hatte ein weiteres Gespräch gegeben, sie hatten diesem und jenem gedacht, aber über nichts gesprochen, das nicht schon sehr lange her gewesen wäre. Je wohlwollender sie einander begegneten, desto größer wurde die Entfernung zwischen Anton und Leander. Sie spürten es selbst und zogen gemeinsam los, holten Holz, machten Feuer, suchten das, reparierten jenes. Und schwiegen doch seltsam erleichtert miteinander, solange es nur eine Aufgabe gab, die sie mit den Händen lösen konnten. Nervös und fahrig wurden sie, gab es nichts mehr zu tun, unsicher, was sie abseits der Arbeit miteinander anfangen sollten.

Wann immer aber die Männer ihre Frauen in einiger Ferne stehen sahen, Marta mit ihrem großen Gesicht und einer Stirn, die Tag für Tag höher zu werden schien, und Frederike mit ihrem dünnen Hals und dem roten Haar, nickten sie einander zu, als schätzten und bewunderten sie die Wahl des jeweils anderen. Dann lagen Liebe und Begehren in ihrem Blick, aber auch Stolz und Zärtlichkeit. Nach all den Jahren hatten sie in dem, was sie erreicht hatten im Leben, eine Gemeinsamkeit gefunden.

So vergingen die Tage. Es geschah nicht viel. Sie lebten wie unter Glas. Schon begann man sich an den Ort und seine Zeit wie an eine neue Ordnung zu gewöhnen. Aber eines Abends, als die Bäume schon kahl im Dämmerlicht standen, brachen Leander und Marta zu einem Spaziergang auf, ließen das Kind in der Obhut der anderen zurück und kamen, auch als es bereits finstere Nacht war, nicht wieder.

7 | Die Zeit

– Weißt du, wovon Marta geträumt hat in der ersten Nacht, die wir hier verbracht haben?

Frederike ließ die Beine aus dem Ohrensessel baumeln und strich dem Kind, das zusammengerollt in der Grube ihres Schoßes lag, übers Gesicht. Mit der anderen Hand rührte sie ein paar Löffel des Milchpulvers, das sie aus dem Krankenhaus mitgenommen hatte, in einer blechernen Tasse auf der Armlehne an. Das Holz knackte im Ofen.

– Sie hat geträumt, wie es sein wird, wenn alles vorüber ist, sagte Frederike und sah an Anton vorbei. Von einer großen Dunkelheit, die sich lichtet, und von dem Kind, das vor ihren Augen groß wird, ein Bub, ein Junge, ein Mann, wie es lacht, sitzt, steht, geht und dann mit langen Beinen läuft. Sie hat ein ganzes Leben vorausgesehen: die Farben der Hosen, die er tragen wird, wie er mit kleinen Tieren spielt und mit nackter Brust in ein Schwimmbecken springt, immer und immer wieder, und ein Mädchen im blauen Kleid hat sie gesehen, das am Meer seine Hand hält. Ein gnädiges Schicksal hat sie ihm verpasst, ein halbes Menschenleben hat sie sich erträumt. Frederike seufzte. Und wir sind längst abgenabelt von dieser Zukunft.

– Wir sind doch hier von allem abgenabelt, erwiderte Anton.

– Man sagt ja –, Frederike brach ab.

Anton sah sie fragend an.

– Man sagt, dass der erste Traum in einem fremden Haus in Erfüllung geht.

Er schüttelte den Kopf.

– Träume gehen nicht in Erfüllung; solange man schläft, sind sie doch wahr. Großmutter hat immer gesagt, sie glaubt nur an das, was sie sieht. Und weil sie im Traum sowohl Geister als auch Gott gesehen hat, hat sie an beide geglaubt. Aber sie hat beide im wirklichen Leben jenseits des Schlafes nie gefürchtet. Und Gespenstergeschichten hat sie uns trotzdem gerne erzählt und sich dabei am meisten von allen gegruselt.

– Ich kann mich nicht erinnern, was ich geträumt habe, sagte Frederike. Ich wünschte, es wäre etwas Gutes gewesen, und ich wünschte, es ginge in Erfüllung, auch wenn ich mich nicht daran erinnern kann. Glaubst du, Leander und Marta sind tot?

– Ich weiß nicht. Bedeutet es wirklich den Tod, wenn jemand bloß geht und nicht wiederkommt?, fragte Anton und drehte sich dem Fenster zu, hinter dem der Garten und die Felder grau schliefen.

Das Kind erwachte, öffnete langsam die Faust und die Augen, streckte die Gliedmaßen, gähnte großmundig und schrie aus vollem Hals.

– Es ist Wochen her, Anton, sagte Frederike und hob es an ihre Brust.

Ihr Körper beugte sich trostvoll nach vorne, krümmte sich, und das rote Haar fiel über den Säugling wie ein Vorhang.

– Was mag ihnen passiert sein? Niemand kommt doch wieder. Niemand in meinem Leben ist je wiedergekommen. Weder im Krieg noch im Frieden.

– Jetzt hast du ein Kind.

– Jetzt haben wir ein Kind, Anton.

– Jetzt haben wir keine Zeit.

Frederike schwieg, sah auf das Kind in ihren Armen und flüsterte wie zu sich selbst:

– Wir haben keine Zeit. Und doch habe ich geholfen, dich auf die Welt zu bringen.

– Vielleicht kommen sie wieder. Sie wollten bloß einen Abendspaziergang machen. Wohin sollen sie gehen, warum sollten sie wegbleiben? Sie kommen wieder, mein Bruder ist immer wieder aufgetaucht, egal wie lange ich ihn vermisst habe, sagte Anton leise.

– Niemand kommt wieder in Zeiten wie diesen, antwortete Frederike und ließ den Kopf gegen die Lehne des riesigen Sessels sinken. Was ist das für ein entsetzlicher Abschied! Vielleicht haben sie den Gedanken nicht ertragen, das Kind nicht retten zu können. Ich kann sie verstehen. Und jetzt sind es nur noch ein paar Tage – wenn es denn stimmt. Wir werden sehen, was geschehen wird. Vielleicht nichts. Vielleicht ist alles schon passiert. Vielleicht ist uns alles schon passiert.

– Ein paar Tage mehr in diesem Leben würden uns nicht schaden. Ein Leben dauert ja nicht lang, murmelte der Mann am Fenster. Ein bisschen Zeit, um älter zu werden, ein bisschen Zeit, damit man wiederkommen kann.

Dass ich einmal nicht mehr allein leben würde, hätte ich nie für möglich gehalten, weißt du. Dass wir uns begegnet sind und du an meiner Hand mit mir nach Hause gegangen bist, ohne ein Wort und ohne sie je loszulassen. Ich kann es nicht glauben, aber ich würde mich gerne daran gewöhnen. Ich habe von dir geträumt, wenn ich dich nicht angeschaut habe in der Dunkelheit, wenn ich denn schlafen konnte. Deine Anwesenheit hat an den Nervenenden begonnen und im Verstand nicht aufgehört. Ganze Nächte lang hab ich von dir geträumt, während du neben mir gelegen bist.

– Und ist es nicht wahr geworden?

– Alles, sagte Anton.

Frederike lächelte mit geschlossenen Lidern.

– Du bist wunderschön, fügte er schüchtern hinzu.

– Danke, sagte sie und öffnete die Augen.

Wenn es dunkelte, kamen über die Felder die Krähen, die ausgezogen waren, um tags in der Ferne über den grauen Ruinen der Stadt zu kreisen, und in der Dämmerung wiederkehrten, sich auf den Regenrinnen niederließen und mit ihren Krallen über das Blech kratzten. Ihrem Flug folgte ein eisiger Wind. Schon wehte er den ersten dünnen Schnee übers Land. Tag für Tag wanderte Anton durch die skelettierte Landschaft des anbrechenden Winters auf der Suche nach den Vermissten. Er sah sie noch einmal zwischen den Robinien verschwinden, die Rückseite zweier davonschreitender dunkler Gestalten, die Arme umeinander gelegt, die Köpfe gebeugt, als hätten sie sich wichtige Dinge zuzuflüstern. Er streifte durch das Gelände in der Erwartung, hinter einem Felsvorsprung, einer Wegbiegung, in einem Graben seinen Bruder wiederzufinden, sah in die Geheimverstecke, in denen sie sich als Kinder verborgen hatten, und rief seinen Namen, bis er jede Bedeutung verlor und ihn peinlich berührte. Das Paar fand er nicht, aber weitab sah er manches Mal, wie Menschen schmal wie eine Hand durch die Wälder geisterten und sich scheu umwandten, waren sie entdeckt. Was sie da machten, wusste er nicht, und auch daran, dass sie lange überleben würden in dieser Kälte, hatte er Zweifel. Er sah ihnen nach, bis sie verschwanden, und war froh, wenn sie ihm aus den Augen waren.

Nicht nur die Menschen, auch das Wild war auf der Flucht in diesen letzten Tagen. Mit geweiteten Pupillen und schwarzen Augen hetzte es über die Wiesen und ließ die Wälder leer zurück. Ein Befehl schien sie eingeholt zu haben, der ihnen die Beinchen antrieb und sie in alle Richtungen davonlaufen ließ. Die Tiere des Gartens hoben witternd ihre Nasen in die Nacht, als fräßen sie die Sterne vom Himmel herunter, scharrten am kalten Boden und waren verschwunden am Morgen. Mit scharfem Tritt schnitten sie Pfade ins Unterholz, über die sie einander in wilder Jagd hinterherstürzten. Bänder aus Hufabdrücken und Pfotenspuren maserten das Land. Alles brach auf und lief um sein Leben, und sah es zurück, waren die Spuren schon gefroren.

Ohne Neuigkeiten, aber mit den Armen voll Holz kam Anton von seinen Streifzügen zurück zu Frederike, die ihn ungeduldig erwartete. Sie sah ihn an mit Blicken, die ihm bedeuteten, dass sie das Warten nicht kannte.

Das Kind schien unaufhörlich größer zu werden, und wann immer er nach ein paar Stunden wiederkam, war ihm, als erkenne er in seinem Gesicht endlich auch das seines Bruders. Dann fragte er sich, warum er draußen noch nach Leander suchte, wärmte sich die Hände am Kachelofen und starrte in die Stube.

Die Lücken und Risse in jenem Teil des Hauses, den sie bewohnten, hatten sie so gut wie möglich mit Planken und Schutt verschlossen. Die Einrichtung war aus allen Ecken zusammengetragen und zu einem Konglomerat aus Orientteppichen und Leintüchern, Plastikeimern und einem Himmelsglobus gewachsen. Auf dem Boden hatten sie Decken ausgebreitet, den alten Ohrensessel der Großmutter an den Ofen gerückt, damit er Frederike den Rücken wärmte, wenn sie mit dem Säugling dort saß. Inmitten des Wohnsalons stand auch ein verwittertes Klavier, auf das sie hinter der Werkstatt im Freien gestoßen waren, bedeckt von Blättern und mit aufgequollenen Tasten, auf denen die Vögel von Schwarz nach Weiß gehüpft waren. Die Musik fehlte Anton. Mit aller Kraft, die sie aufbringen konnten, hatten sie das Instrument ins Haus gezerrt, in der Hoffnung, wenn es nur auftrocknete, könne man darauf spielen. Auch darum heizten sie den alten Ofen ohne Unterlass, das Haus wurde mit jedem Tag wärmer, und die Geräusche des brennenden Holzes beruhigten das Kind.

Es gab keine Uhr. Das Licht wies sie durch den Tag, eröffnete und schloss ihn. Erstmals in seinem Leben lebte Anton nicht nur nach der eigenen, aber nach jener fremden Zeit, die Besitz von einem ergreift, wenn man liebt. Wer liebt, passt sich den Zeitzonen des Geliebten an, steht auf und schläft nach seinen Regeln. Stellt sich nach seinen Gewohnheiten wie eine Uhr. Wartet unaufhörlich, weicht mit Gedanken und Gesten vom eigenen Rhythmus ab, stets dem Störsignal der Zuneigung folgend. Ordnet die Minuten neu. Man richtet sich aus und gliedert sich ein in die Stunden des Gegenübers. Mit der Liebe beginnt eine permanente Anpassungsleistung, die im erlösenden Phänomen der Ähnlichkeit und Nähe mündet. Immer aufs Neue bemerkte Anton, wie sich in den wenigen Stunden des Tages, die er draußen allein zubrachte, der Körper wieder schloss, sich das Ich zurückstahl, sammelte und harnischte, die Durchlässigkeit und die Löcher des Liebens sich zusammenzogen, wie er wieder den Anspruch auf den eigenen Leib geltend machte, aus dem Wir herausschrumpfte und anders durch die Welt ging: allein und ohne Frederike. Er war sich selbst wieder ähnlicher, erschien sich als ein aufrechterer Mensch. Und doch: Sahen sie sich, fielen sie einander in die Arme, wie man in einen tiefen Schlaf fiel, magnetisch und sehnsüchtig. Eine einzige Berührung holte das Fremde wieder ins Eigene heim. Längst war ein Perpetuum mobile aus zwei Menschen in Gang gesetzt, so selbstgenügsam wie selbstvergessen; unmöglich zu erkennen, wo der eine begann und wo der andere. Frederike und Anton schwangen beide in der sonderbaren Bewegung der Liebenden, die sie ständig aufeinander zu und voneinander fort trieb, was immer sie taten. Sie waren einander Fix- und Fluchtpunkt. Waren sie beieinander, verbanden sich ihre Zellen, als entstünde ein neuer

Mensch, mit neuen Formen und nur der Lust als Funktion. Eine Maschine mit zahlreichen Armen, Scharniere und Gelenke die Stellen, an denen man sich berührte, nützlich für keine Welt, die es schon gab.

Frederike, Anton und das Kind lebten fernab jeder Zeitrechnung in der Kapsel des Gartens. Prophezeiungen schien es hier nicht zu geben, nur die Gewissheit des hereinbrechenden Winters. Sie wachten und aßen, fütterten das Kind, sprachen wenig und schwiegen viel. Sie schliefen und schliefen miteinander. Sie wunderten sich, wie kurz das Glück war, auf das man so lange gewartet hatte. Sie waren eingesponnen ineinander, verpuppt im Kokon ihrer Leiber. Die Haut Frederikes schien sich mit jedem Tag zu erwärmen unter den Atemzügen des Babys und der Kälte draußen zu trotzen, und in manchen Sekunden war es Anton, als würde sie noch immer ein wenig salzig von den Schiffbrüchen ihrer Vergangenheit schmecken. Es war eine Existenz weitab der Stadt, es war Liebe und Verbannung, ein leichter madonnenhafter Schlaf, der das Haus umfing und diese paar seltsamen Stunden, in denen es nichts zu überdauern gab. Überall auf der Welt verband die Männer und Frauen der Wahnsinn des Niedergangs und die Wiener-Walzer-Sentimentalität, die aufkam beim Zapfenstreich dieser Nächte, aber nirgendwo schien beides so sehr zu wirken wie in diesem Garten.

In die Stadt wagte sich Anton nicht mehr. War er ihr vormals ein-, zweimal auf seinen Streifzügen und Spaziergängen, die ihn weit über die Wälder hinaus und bis auf die Anhöhen des ansonsten flachen Landes geführt hatten, doch zumindest so nahe gekommen, dass er sie in der Ferne ausmachen konnte, so mied er diese Aussichtspunkte jetzt. Von jenen Anhöhen aus sah man an wolkenlosen Tagen in der Ferne die Stadt mit ihrem ungenauen Profil aus Abertausenden Häusern ans Meer gedrängt liegen. Kein Rauch stieg auf, kein Ton drang über die Felder, und doch drohte ihre verschattete Silhouette am Horizont. Ein Unbehagen ergriff ihn, das er sich nicht zu erklären vermochte, sobald er nur an die Stadt dachte. Eine Ahnung, dass er sich diesen Ort vom Leib halten musste. Ohnehin war es so kalt geworden, dass sie das Haus nicht mehr oft verließen. Die Luft wurde von Tag zu Tag klarer, die Toten, die Überreste der Wanderer und Verrückten, die Anton hin und wieder im Wald fand, faulten nicht, aber gefroren in der Kälte. Schnee fiel, fiel auf den Staub und die hellbraunen Wiesen, fiel auf die Dachziegel und Straßen und Ruinen und die Leichname überall, fiel aus dem weißen Himmel, und es war, als breitete sich eine Erleichterung über die Welt, dass man nicht mehr alles sehen musste.

Vieles verschwand unter dem Schnee, Wege, Flüsse, Autos, flache Häuser, und selbst das Meer fror zu in manchen Häfen und Buchten. Unzählige ließen mit dem Wintereinbruch ihr Leben, unvorbereitet auf die Kälte und die Einsamkeit, die er brachte, aber mit großen glänzenden Augen von seinen Kristallen. Es war, als stürbe man leichter, wenn die Flocken die Leiber zudeckten wie Millionen gütiger und eiskalter Hände.

Es begann ein mächtiger Winter, wie ihn Anton ehemals oft in diesem Garten erlebt und doch mit jedem auf ihn folgenden Sommer wieder vergessen hatte. Jetzt kam die Erinnerung zurück an diese kalten Monate und den hüfthohen Schnee, durch den man schwamm und sich mit ausgebreiteten Armen den Weg bahnte, an die kleinen Eiszapfen, die aus den Nasenlöchern wuchsen und deren Länge man verglich, nachdem man sie mit Genuss abgebrochen hatte. Die nassen, kalten Beine, mit denen man stets ankam, wohin man auch ging, und die Hosen, die steifgefroren frei im Raum standen, bis die Wärme des Hauses sie in einer Pfütze zusammensinken ließ. Wie damals als Kind kam er auch jetzt wieder nach Hause, über Wege, die hinter ihm schon wieder zuschneiten, zu einer Frau, die ihn tadelnd ansah, wenn er sich die Flocken nicht sorgfältig genug von den Kleidern klopfte. Das Haus selbst trug die Massen des Schnees wie einen großen weißen Hut, und beständig tropfte es durch die undichten Stellen des Daches, so dass Frederike altes Geschirr aufstellte, um die Räume trocken zu halten. Jeden Abend standen die Weingläser und Cognacschwenker voll mit kaltem Wasser, mit dem sie einander zuprosteten. Danach stand Anton Winter am Fenster, dünn wie ein Strich, und sah durch die Gläser des Feldstechers in die Ferne und hinweg über das Weiß. Er wusste nicht, was er zu sehen erwartete, aber einmal schoss ihm durch den Kopf, dass er vielleicht auf etwas hoffte. Er konnte sich nicht erinnern, jemals in seinem Leben eine Hoffnung welcher Art auch immer empfunden zu haben. Wohl ein Sehnen, aber nie hatte er sich die zugehörige Erfüllung vorzustellen vermocht. Verwirrt ließ er den Blick über die Landschaft wandern. Der Himmel war jetzt voller Vögel. Die Krähen stiegen hoch in die Luft und schwärmten aus zu düsteren Bildern, die sie wieder zerrissen, sobald sie ihrer leid waren.

Dass er seine Vögel zurückgelassen hatte, lastete Anton Winter schwer auf dem Gemüt. Für viele Jahre waren sie die einzige Gesellschaft gewesen in seiner Welt, in der er, rückblickend betrachtet, Einzigartigkeit wohl mit Einsamkeit verwechselt hatte. Immer hatten sie ihn mit einer Schönheit getröstet, auf die er sich verlassen konnte. Der Abschied von ihnen, der mehr eine Flucht gewesen war, saß ihm noch in den Knochen. Wie ein Deserteur hatte er sich gefühlt, wie einer, der ein Treuegelöbnis gesprochen hatte, aber nicht zu Ende lieben konnte, weil er den Umständen auf den Grund gekommen war. Als er die Vögel, nur wenige Stunden bevor sie die Stadt verließen, freigelassen hatte, waren sie entgeistert in den offenen Türchen der Volieren gehockt. Kaum einer war davongeflogen, aber wacklig sitzengeblieben vor einer Welt, die nicht mehr sorgfältig von den Linien der Gitterstäbe in Schach gehalten wurde. Als hätte man ihnen die Freiheit wie eine Last um den Hals gehängt.

Die Hühner und Hähne, die nicht fliegen konnten, hatte er in Körben, Rucksäcken und Plastiktaschen die Feuertreppe hinabgetragen, bis auch das letzte Tier sicheren Boden unter den Füßen hatte. Während Frederike das Nötigste oben in der Wohnung zusammengepackt hatte, war er zahllose Male hinauf- und hinuntergestiegen, das kreischende und tobende Geflügel in den Tragevorrichtungen. Mit jedem Gang, den er tat, hatten sich die roten Striemen der Krallen auf seinen Armen vermehrt, wie auf einer Strichliste, in die sich die zu Tode erschreckten Tiere eintrugen. Wie die Schnäbel auf ihn eingehackt hatten. Wie die Kämme und Kehllappen angeschwollen waren. Wie er auf den Sprossen gestanden hatte und den wie Regen niederfallenden Federn nachgesehen hatte. Unten angekommen, waren die Hähne und Hühner kopflos davongestürzt in alle Richtungen, jedes in eine andere. Bald waren sie verschwunden, den Hungrigen in die Hände gefallen oder streunenden Hunden vor das Maul gelaufen. Die Papageien hingegen waren auf seiner Schulter gesessen und hatten ihm guten Tag ins Ohr geflüstert, als würde er bald wiederkommen. Beinahe hätte er es nicht ertragen. Beinahe hätte er Frederike gesagt, dass er nicht mitkommen würde, aber dann hatte ihm der Mut dazu gefehlt. Er hatte die Lippen zusammengepresst und war ihr gefolgt an jene Straßenecke, an der schon Leander und Marta auf sie warteten. Als er sich noch einmal umdrehte und zurückschaute, war alles totenstill, und die Vögel sahen ihm nur hinterher. Irgendwann verschwanden sie in der Ferne.

Im Traum aber traf er sie wieder, sah sie in ihren Volieren sitzen und ihn vorwurfsvoll anstarren. Er sah, dass sie schwach und lahm geworden waren, da sie nichts und niemanden hatten, der für sie sorgte. Er träumte, dass die großen und starken Vögel mit den kleinen stritten und von ihnen abgewandt und die Flügel zur Abwehr erhoben eine winzige Beute verzehrten und dabei immer weiter schrumpften. Und wann immer er erwachte und Vögel mit lautem Flügelschlag über das eingeschneite Haus zogen, war ihm, als brächten sie traurige Kunde von den Zurückgebliebenen.

Es hatte aufgehört zu schneien. Der Schnee hatte den Garten sorgfältig unter sich begraben, seine Formen und Gestalten gerundet und verpackt. Nichts regte sich, kein Tier und kein Vogel war zu sehen. Ein weißes Land war über Nacht vor den Fenstern entstanden und vom Himmel herabgefallen, dem nichts und niemand eine Spur eingetreten hatte. Es war ein Stück Welt ohne Erfahrung und Kainsmal, ein Flecken erneuerter Erde. Die Architektur des Schnees war eine weltvergessene, die auslöschte, was ihr zugrunde lag, und die Gebilde, die sie schuf, mit neuen, weichen Formen ausstattete und einkleidete. Die Äste der Bäume trugen das Weiß wie auf Armen. Die Hagebutten, die aus dem Schnee ragten, waren gläserne Pflanzen geworden, die Zweige und verbliebenen Beeren dünn von Eis überzogen. Blickte man mit in den Nacken gelegtem Kopf in den milchigen Himmel hinauf, war man sich oben und unten nicht mehr gewiss, und es schien einem, als wäre nicht nur der Boden, aber auch der Himmel mit einer undurchdringlichen Schneeschicht bedeckt, durch die das Licht glomm. Es herrschte eine Ruhe, in der man sich den Atem verhalten mochte, jene Stille, wie sie in den atemlosen Sekunden am Ende eines Theaterstücks eintrat, in denen alles schon vorbei war und man noch nicht wusste, ob es gut oder schlecht gewesen war, bevor der schwarze Vorhang fiel und das Publikum sich für Gnade oder Empörung entschied.

Die Welt lag draußen versteckt als Larve des Winters, und im Inneren des Hauses schliefen Anton und Frederike auf Teppichen am Boden, nackt unter Bettdecken und alten Tüchern. Mit weißen Gesichtern und hellroten Lippen lagen sie einander zugewandt, mit den am Morgen ausgekühlten Leibern der Liebespaare, das Kind mit weit ausgebreiteten Armen wie eine Strebe zwischen ihnen, die sie verband. Das Knacken des Holzes war verstummt, und die Kacheln des Ofens waren kalt von der Nacht. Das Licht sank auf sie nieder, als wäre es eine Lupe, die jede Pore vergrößerte, und brach sich in ihren Augen, als sie sie endlich aufschlugen wie Puppen. Wie viele Stunden hatten sie geschlafen, wie viele geträumt. Längst war es Mittag, als sie erwachten an diesem Tag. Die Blicke noch gerahmt vom Schlaf und mit steifem Körper kamen sie zu sich, die Wimpern verklebt und der Lidschlussreflex so träge, dass er sie die Augen manchmal erst nach vielen Sekunden wieder schließen ließ, nachdem sie lange erst ins unbestimmte Weite geschaut und dann den Menschen neben sich betrachtet hatten.

Anton schien es, als sei nichts je so klein gewesen, wie die zusammengekrümmte nackte Frau ihm gegenüber. Ihre Lippen waren geschwollen von der Nacht, als hätten sie viel geküsst, die Haut um den Mund war aufgerieben, gerötet und dünn. Die Lider zitterten, aber er selbst, der sich in der Mitte des Auges als Bild spiegelte, war still. Sah er ihr zu lange ins Gesicht, wuchs ihre Pupille rasend schnell, sah er weg, schrumpfte sie zu einem Stecknadelkopf. Ihr ansonsten unerschrockenes Gesicht war gezeichnet vom Kummer, der sich millimeterweise über die Haut arbeitet, bis er dem Menschen jene Maske übergezogen hat, in der er sich selbst gerade noch erkennt, aber den anderen fremd wird. Alles, was an ihr wild entschlossen gewesen war, wirkte jetzt befangen, die klaren Züge schienen widerwillig einer Ahnung, einem Schrecken, einer Niederlage Platz zu machen. Etwas verzerrte ihr die Miene, bog die Mundwinkel, beugte den Blick, brach die Lachfalten, begradigte die Linien, höhlte die Formen, zerstörte eine Ordnung, an der man sich, wie vertraut man einander auch war, jedes Mal aufs Neue erkannte. Die trotzige Unbesiegbarkeit der schon lange Versehrten wich einem Schmerz. Es war nicht der zornige und verzweifelte Schmerz, in dem er sie schon hatte weinen sehen, es schien ihm mehr wie eine Dunkelheit, die über sie fiel und alles, was sie ausmachte, unsichtbar werden ließ. Sie wurde Anton unbekannt. Ihm war, als habe er die Frau noch nie gesehen und nie je in seinen Armen gehalten. Keinen Millimeter bewegten sie sich. Sie schauten, sie horchten und warteten. Sie tasteten einander mit Blicken ab auf eine äußere und eine innere Wahrheit und blieben ratlos. Es gab nur das Heben und Senken der Brustkörbe, das Wachsen des Eises und die kalte Luft, die in die Lungen strömte und als warmer Hauch wieder aus den Nasenlöchern trat. Lange Zeit stierten sie einander an, und irgendwann sahen sie in den Augen des jeweils anderen etwas, das sie beide heimlich Angst nannten.

Während Anton am Fenster stand und wünschte, es gäbe noch Zigaretten, damit er etwas Sinnvolles tun könnte, war Frederike nicht fähig aufzustehen. Eine Starrheit, die sie nicht kannte, hatte sie übermannt, und eine Furcht, die sich ihr in all den Jahren zur See und im Krieg, als ihr der Tod ständig gegenwärtig war, stumm an die Fersen geheftet hatte, war nun so nahe herangerückt, dass sie Frederike lähmte. Ein Zweifel, der alles in Frage stellte und keine einzige Antwort als wahr gelten ließ, war ihr unter die Schädeldecke gefahren. Was hatte sie sich nur gedacht? Sie wusste es nicht. Sie versuchte einen klaren Gedanken zu fassen. Es war umsonst. Manches ging ihr durch den Kopf, aber nichts kam bis ins Herz. Flach wie ein Stein lag sie in die dünnen Decken gewickelt und klammerte sich an sich selbst fest, die Fingerkuppen tief ins Fleisch gedrückt. Ihr graute davor, sich irgendwann erheben zu müssen, den Schutz der Laken, die Deckung des Fußbodens aufzugeben und aufrecht stehend mit all der Angriffsfläche eines Menschenkörpers einem Schicksal entgegenzutreten, das sie nicht kannte. Dass heute der Tag war, dem kein weiterer folgen sollte, das spürte sie wohl. Weder war sie sich sicher, wovor sie Angst hatte, noch worum. Dass es sie selbst sein könnte, kam ihr nicht in den Sinn; so wichtig hatte sie sich nie genommen. Aber sie hatte vergessen, wie es war, wenn die Angst nicht nur ein Gedanke war, sondern man sie am ganzen Leib erfuhr. Wie sie einem die Haut versehrte von außen und einen ausweidete von innen. Wie man ihr den Körper preisgab und sie ihn nach ihren Bedürfnissen neu programmierte. Wie sie ihn lahmlegte, damit man ihr nicht entkam.

Frederike sah aus wie der Tod, wie sie da am Boden lag mit starren Augen. Anton getraute sich nicht, sich zu ihr hinabzubeugen. Er brachte es nicht übers Herz, ihr den Trost, den er vielleicht hatte, statt einer Wahrheit, die er nicht kannte, anzubieten, wusste er doch selbst nicht, was geschehen würde. Er fühlte, dass er es ihr schuldig war, sie nicht mit Hoffnungen abzuspeisen, denen nichts zugrunde lag. Frederike hatte ihn gefunden damals, sie war ihm gefolgt, sie hatte sich für jene Richtung entschieden, die auch seine war, und nun hatte sie ihn wieder verlassen. Er schaute über die Schulter zurück zu ihr mit jenem Blick, mit dem er allem Vergangenen hinterherspann; ein Narr, der nichts von Abschied wusste. An allen Abschieden, so kam es ihm vor, die es in seinem Leben gegeben hatte, war er gescheitert, nicht einer war ihm geglückt. Alle Gelegenheiten, etwas ganz und gar zurückzulassen, hatte er ungenützt vorüberziehen lassen. Die Großeltern, der Garten, alles, was ihm je von Belang erschienen war, überdauerte in seinem Leben, und heute war es ihm fast, als machte es keinen Unterschied, ob eine Frau da lag oder ob sie nur einmal da gelegen hatte. Sein Blick ruhte auf Frederike, dann sah er wieder hinaus in das blendend weiße Land. Mit dem Säugling auf dem Arm wiegte er sich hin und her, und drückte das Kind die warmen Lippen an die Scheibe, tauten für ein paar Sekunden die Eisblumen auf dem Glas.

Mit dem Schnee war die Welt draußen zum Stillstand gekommen. Anton hatte aufgehört, die Landschaft nach einem sich regenden Wesen abzusuchen, und doch hielt er weiterhin Ausschau nach seinem Bruder oder dem

Tod, in der Hoffnung, den einen oder den anderen zu erkennen, wenn er herannahen würde. Er trat von einem Bein auf das andere. Er wartete, wie er gewartet hatte als Kind. Er wartete, dass es begann, und er wartete, dass es zu Ende ging. Er wartete mit düsterer Wut auf die Verwandlung, die er so oft gesehen hatte, wartete auf den Moment, in dem man den wachsenden Leib gegen einen schrumpfenden tauschte, wartete, dass die Knochen, ein Leben lang gut beschützt vom Fleisch, sichtbar wurden, wartete, dass ihm das Schicksal aus den Händen glitt und sich erfüllte, wartete, dass der, der man gewesen war, zu einem anderen wurde.

Der Abend brach an, eine mächtige Finsternis zog auf. Draußen sah es aus, wie sich die Großeltern die Tage ihres Sterbens gewünscht hatten, ein ewiger Winter, der das Haus einschneite und jenes letzte Wort sprach, das zu finden der Mensch allein nicht in der Lage war. Ein Himmel, den man nicht von der Erde zu unterscheiden vermochte. Eine Kälte so hart, dass die Luft klirrte, und doch die Kanten der Welt weich vom Schnee.

Im Haus war es kühl. Das Klavier klang metallisch und schief, als er eine Hand auf die Klaviatur sinken ließ. Die Tasten waren verzogen, manche klemmten, die Krallen der Vögel, die im Garten auf ihnen gesessen waren, hatten winzig kleine Kratzer im Elfenbein hinterlassen, der Filz der Hammerköpfe war hart und glasig. Die Klaviatur umfasste nicht fünfundachtzig, aber achtundachtzig Tasten. Anton hatte sie nachgezählt, als wäre er wieder das Kind, das so oft vor dem sonderbaren schwarzen Instrument gestanden und der Reihe nach die zweiundfünfzig weißen und sechsunddreißig schwarzen Tasten niedergedrückt hatte. Als Kind war er gerne mit der Nase nahe an das Instrument herangegangen, hatte den Geruch von Handschweiß, Elfenbein und Ebenholz eingesogen, seine Fingerkuppen auf das polierte Schellack gedrückt und die Abdrücke eilig wieder weggewischt. Vom Vater hatte er gewusst, dass sich feinjährige Fichte unter der Musik und dem dunklen Anstrich verbarg, auch wenn dieser für das Klavier nicht die Achtung aufbrachte, mit der er seine Geigen behandelte. Das Klavier, dieses behäbige Tier, auf dessen Tasten seine breiten Daumen kaum passten und merkwürdig fehl am Platze wirkten. Dass sich die Großmutter mit Anton schon ans Klavier gesetzt hatte, als er noch zu klein war, um eine Geige auch nur richtig halten zu können, hatte der Vater ihr nur schwer verziehen. Wenn sie später übten, war er schweigend in einer Ecke der großen Stube gesessen, hatte getan, als höre er nichts, und war jedes nach Bestätigung suchende Aufblicken des Sohnes übergangen. Jetzt stand Anton verloren vor dem Instrument, knochig und seltsam gekrümmt, als gehörte er zu dem mysteriösen Apparat, als lebte er im Resonanzraum des Flügels und hätte sich nur ausnahmsweise daraus erhoben, um sofort einsam zu werden, kaum dass er ihn verlassen hatte. Nachdenklich fuhr er sich durch den rauen Bart. Die Erhabenheit enttäuschter Kavaliere und die Melancholie verstimmter Klaviere glichen einander. Das Kind an die rechte Körperhälfte gedrückt, versuchte er sich an dem einzigen Stück, von dem ihm in den Sinn kam, dass er es mit einer Hand spielen könnte. Das *Konzert für die lin-*

ke Hand ließ die Großmutter ihn üben, nachdem sie ein Foto des Pianisten Paul Wittgenstein im Frack beinahe zu Tränen gerührt hatte, dessen einer Ärmel leer am Körper herabhing, seit er im Krieg einen Arm verloren hatte. Anton hatte es schon lange nicht mehr gespielt. Misstönig klang das Instrument, aber die Musik belebte das Haus wie ein Luftzug – fast war es, als wehten die zerrissenen Vorhänge ein wenig –, und das Kind sah ihn überrascht mit großen Augen an und bebte wie Anton unter den Erschütterungen, wenn er seine Finger auf die verzogene Tastatur fallen ließ.

Er spielte 8 Minuten und 52 Sekunden. Dann wandte er sich um. Vor ihm lag Frederike und rührte sich immer noch nicht. Nur ihre Augen bewegten sich und sahen nach dem Mann hin, der mit einem Mal den Blick nicht mehr ertragen konnte. Er legte das Kind unter das Klavier auf den Teppich; es begann zu schreien, als er es losließ und auf Frederike zuging. Mit dürren Armen versuchte er sie auf die Beine zu stellen, zerrte so fest an ihr, dass seine Finger Druckstellen auf ihrer Haut hinterließen. Ihr Rumpf war steif und unbiegsam wie die Leiber der Verstorbenen, die er im Krankenhaus aus ihren Totenbetten zu den Verbrennungsöfen getragen hatte, ihre Gliedmaßen aber eigentümlich schwer und weich, als habe sie keine Knochen. Immer wieder fiel sie ihm aus den Händen und sackte zu Boden mit weit aufgerissenen Augen. Unter Aufbietung seiner ganzen Kraft, mit angehaltenem Atem und geradem Rücken, hievte er sie schlussendlich hoch. Seine Arme unter ihre nasskalten Achselhöhlen geschoben, stellte er die Frau aufrecht hin, eine große Puppe aus Fleisch, die vor ihm her stolperte, als er sich gegen sie stemmte wie gegen eine heftige Windböe. Das Kind lief rot an unter dem Klavier. Sein Geschrei wurde zu einem schrillen Heulen, das abrupt verstummte, als ihm die Anstrengung endlich den Atem nahm.

Anton stieß Frederike zur Tür hinaus. Sie fiel in den Schnee, wie man in ein Wasser springt, wurde augenblicklich ein Suchbild in der Winterlandschaft mit ihrem schmalen, beinahe farblosen Körper. Er rüttelte an ihr. Er schüttelte sie. Er hob ihr das Gesicht aus dem Schnee, fasste sie an ihrem spitzen Kinn und zwang sie aufzusehen. Die Nacht war trüb und ungenau, aber ausgefüllt vom Leuchten des Schnees. In der Ferne, weit über die Felder und Wiesen hinweg, erhoben sich die Flammen in der Dunkelheit. Es musste ein gewaltiges, kilometerhohes Feuer sein, dass man es von hier aus noch ausmachen konnte, ein Brand so groß, dass er auch aus dem All sichtbar war. Die Stadt brannte, als habe man ein Streichholz angerissen und in die Mitte eines Heuhaufens gesteckt. Über ihr ergraute der Himmel erst und vergoldete sich dann im Feuerschein.

Aus dem Nichts tauchten Vogelschwärme am Horizont auf, taumelten und stürzten pfeifend wie ein schwerer Regen auf das Land. Während Frederike seine Hand umklammerte, die Finger in die weiten Maschen seines Wollpullovers gefädelt, hielt Anton sich den Feldstecher vors Gesicht. Frierend starrte er in das Fernglas, auf den Untergang hinter den Linsen, der die Menschen verwandelte in Asche und Knochen, in Tote und Versehrte, in graue Kinder und uralte Tiere, jeden in etwas anderes: weil niemand bleiben konnte, wer er war. Er atmete ein und aus und meinte, bis in die Stadt hinein zu sehen. Ihm war, als wären die Distanzen aufgehoben. Alles wurde nah. Nichts blieb fern. Er glaubte mit seinem Blick die Wiesen, Felder, Wälder, Straßen, die Gebäude des Stadtrandes zu überwinden, die Entfernung Meter für Meter niederzuringen, bis er ihn auf sein Hochhaus und das Meer, auf die Fensterscheiben und die Gesichter dahinter scharfstellen konnte. Er sah in die Dunkelheit, und er sah ins Feuer. Mit von der Kälte geröteten Wangen und durchnässten Schuhen stand Anton so im Garten. Zeit verging, bis er hinab zu Frederike blickte, die zu seinen Füßen nackt am Boden saß, ihre Hände um die seine geschlossen. Sie schaute auf die brennende Stadt wie in ein beruhigendes Lagerfeuer, das rote Haar im Schnee, als brannte auch ihr der Kopf ab.

Drinnen schrie das Kind, das sie zurückgelassen hatten, aus Leibeskräften. Ein hysterisches Lachen entfuhr Anton, von dem er weder merkte, dass es seines war noch dass es verrückt klang. Die Feuersbrünste wüteten und fraßen den Gebäuden und Menschen die Fassaden von den Körpern, durch die berstenden Scheiben blickte er wie durch geöffnete Fenster. Er sah und sah und sah. Er sah weit fort die Toten in den einstürzenden Kirchen sitzen, sah die weißen Störche über die geschwärzten Schornsteine nach Süden ziehen, sah das Meer leuchten im Feuerschein, sah wie sich die Bewohner der Stadt als widerwillige Helden vor einem erbarmungslosen Schicksal beugten, das sie sich nicht ausgesucht hatten, sah den

Hunger zwischen den Rippen schimmern. Anton biss sich auf die Lippen und drückte das Fernglas so fest gegen die Augen, dass es weh tat. Je länger er hineinstarrte, desto klarer und plastischer wurden die Einzelheiten, als wäre er nicht weit fort, aber mitten unter ihnen. Er sah der Stadt bis auf die Knochen. Wie alle warteten. Wie die Alten ihre Bärte zwirbelten. Die Jungen an ihren Fingernägeln kauten. Wie die Hände, die sie einander zur Beruhigung reichten, zu Votivgaben wurden, die man behalten durfte, weil die Besitzer sie nicht mehr brauchten. Wie Gestalten, begraben unter Haufen aus Stein und Ziegel und Bergen aus Schutt, mit flehenden Händen empor nach dem Licht griffen, bis sie verstanden, dass es nur Feuer war. Wie kleine Mädchen zu ihrem Herrgöttlein flehten, das sie nur aus den Gutenachtgebeten kannten, und ihre Puppen trösteten. Wie die Rümpfe der Toten sich im Lazarus-Phänomen für Sekunden aufrichteten, als holten sie noch einmal Luft, und dann wieder zurück in ihren Tod sanken. Wie der Mensch obdachlos wurde ohne Himmel über und ohne Erde unter sich. Wie die Schwanzfedern seiner Paradiesvögel Feuer fingen in den Bränden der Stadt. Wie sie verloderten in den Windstößen. Wie die Großmutter in den Trümmern stand und mit leiser Stimme *Das Glück ist ein Vogerl – wann fliegt es zu mir* sang. Wie der Großvater die ganze Welt in Pfeifenrauch hüllte. Wie die Mutter auf einem Kirchturm saß wie ein Erzengel. Wie ihm selbst die Augen übergingen, wie es ihm schwarz wurde vor Augen.

Schon wurde es dunkel. Schon ging ein Ruck durch die Welt. Schon prasselten die Witwenhäuschen im Feuer, und schon fiel der Schnee wie Schrot. Schon schrien die Pfauen im Quecksilbergesang. Schon brannten die Puppenküchen. Schon standen die Wälder voller Geigen. Schon tobte das Meer, und schon verstummten die Tiere. Schon zerbrachen die Eierschalen. Schon fiel der schwarze Vorhang. Schon wurde es nicht mehr hell.

Nachdem die Welt untergegangen war, spielte es in Anton Winters Träumen Joy Division und Rachmaninow in den Morgenstunden. Er erwachte unter dem langen Haar Frederikes und blickte hinaus. Auf den Feldern gab es die Stille danach und dann: lange nichts. Um die Ecke bog ein großer Mann und zog einen Koffer in der Form einer Geige hinter sich her. Seine Schritte pflügten den Schnee. Aus dem Wald brachen Schatten hervor, die sorgfältig in seine Spuren traten und ihm in den Schutz des Hofes folgten. Irgendwo am Horizont bewegten sich zwei eng umschlungene Gestalten millimeterweise über die Erdkrümmung auf das Haus zu, so langsam und klein, als hätten sie einen langen Marsch hinter sich. Alle kamen sie in den Garten.

suhrkamp taschenbücher
Eine Auswahl

Isabel Allende

- Das Geisterhaus. Roman. Übersetzt von Anneliese Botond. st 1676. 501 Seiten
- Mayas Tagebuch. Roman. Übersetzt von Svenja Becker. st 4444. 444 Seiten
- Die Insel unter dem Meer. Roman. Übersetzt von Svenja Becker. st 4290. 552 Seiten

Jurek Becker

- Bronsteins Kinder. Roman. st 1517. 302 Seiten
- Jakob der Lügner. Roman. st 774. 288 Seiten

Louis Begley

- Lügen in Zeiten des Krieges. Roman. Übersetzt von Christa Krüger. st 2546. 223 Seiten. Großdruck: st 4092. 310 Seiten
- Ehrensachen. Roman. Übersetzt von Christa Krüger. st 3998. 444 Seiten

Thomas Bernhard

- Alte Meister. Komödie. st 1553. 310 Seiten
- Heldenplatz. st 2474. 176 Seiten

Lily Brett

- Lola Bensky. Roman. Übersetzt von Brigitte Heinrich. st 4470. 302 Seiten
- Chuzpe. Roman. Übersetzt von Melanie Walz. st 3922. 334 Seiten

Truman Capote

- Die Grasharfe. Roman. Übersetzt von Annemarie Seidel und Friedrich Podszus. st 1796. 208 Seiten

NF 266c/1/07.15

Hans Magnus Enzensberger
- Herrn Zetts Betrachtungen, oder Brosamen, die er fallen ließ, aufgelesen von seinen Zuhörern. st 4553. 226 Seiten
- Hammerstein oder Der Eigensinn. Eine deutsche Geschichte. st 4095. 378 Seiten

Philippe Grimbert
- Ein Geheimnis. Roman. Übersetzt von Holger Fock und Sabine Müller. st 3920. 154 Seiten

Peter Handke
- Immer noch Sturm. st 4323. 165 Seiten
- Die morawische Nacht. Erzählung. st 4108. 560 Seiten
- Wunschloses Unglück. Erzählung. st 3287. 96 Seiten

Hermann Hesse
- Der Steppenwolf. Roman. st 175. 288 Seiten
- Siddhartha. Eine indische Dichtung. st 182. 128 Seiten
- Narziß und Goldmund. Erzählung. st 274. 320 Seiten

Reginald Hill
- Rache verjährt nicht. Roman. Übersetzt von Ulrike Wasel und Klaus Timmermann. st 4473. 683 Seiten

Daniel Kehlmann
- Ich und Kaminski. Roman. st 3653. 174 Seiten

Sibylle Lewitscharoff
- Apostoloff. Roman. st 4180. 248 Seiten
- Blumenberg. Roman. st 4399. 220 Seiten

Nicolas Mahler
- Thomas Bernhard: Alte Meister. Komödie. Gezeichnet von Mahler. Graphic Novel. st 4293. 158 Seiten

NF 266c/2/07.15

Andreas Maier

– Das Haus. Roman. st 4416. 165 Seiten

Patrick Modiano

– Eine Jugend. Roman. Übersetzt von Peter Handke. st 4615. 187 Seiten
– Die Gasse der dunklen Läden. Roman. Übersetzt von Gerhard Heller. st 4617. 160 Seiten
– Villa Triste. Roman. Übersetzt von Walter Schürenberg. st 4616. 142 Seiten

Cees Nooteboom

– Allerseelen. Roman. Übersetzt von Helga van Beuningen. st 3163. 440 Seiten
– Briefe an Poseidon. Übersetzt von Helga van Beuningen. st 4494. 224 Seiten
– Schiffstagebuch. Ein Buch von fernen Reisen. Übersetzt von Helga van Beuningen. st 4362. 283 Seiten

Amos Oz

– Eine Geschichte von Liebe und Finsternis. Roman. Übersetzt von Ruth Achlama. st 3788 und st 3968. 828 Seiten

Ralf Rothmann

– Feuer brennt nicht. Roman. st 4173. 304 Seiten
– Milch und Kohle. Roman. st 3309. 210 Seiten

Judith Schalansky

– Der Hals der Giraffe. Bildungsroman. st 4388. 222 Seiten

Andrzej Stasiuk

– Kurzes Buch über das Sterben. Geschichten. Übersetzt von Renate Schmidgall. Gebundene Ausgabe. st 4421. 112 Seiten

NF 266c/3/07.15

Uwe Tellkamp
- Der Eisvogel. Roman. st 4161. 318 Seiten
- Der Turm. Geschichte aus einem versunkenen Land. Roman. st 4160. 976 Seiten

Tuvia Tenenbom
- Allein unter Deutschen. Eine Entdeckungsreise. Übersetzt von Michael Adrian. st 4374. 431 Seiten
- Allein unter Juden. Eine Entdeckungsreise durch Israel. Übersetzt von Michael Adrian. st 4530. 473 Seiten

Mario Vargas Llosa
- Das böse Mädchen. Roman. Übersetzt von Elke Wehr. st 3932. 395 Seiten
- Ein diskreter Held. Roman. Übersetzt von Thomas Brovot. st 4545. 380 Seiten

Martin Walser
- Ein fliehendes Pferd. Novelle. st 600. 160 Seiten

Don Winslow
- Manhattan. Roman. Übersetzt von Hans-Joachim Maass. st 4440. 404 Seiten
- Kings of Cool. Roman. Übersetzt von Conny Lösch. st 4488. 349 Seiten
- Tage der Toten. Roman. Übersetzt von Chris Hirte. st 4340. 689 Seiten

NF 266c/4/07.15